Nestroy zum Vergnügen

# Nestroy zum Vergnügen

Herausgegeben von
Jürgen Hein

Mit 11 Abbildungen

Philipp Reclam jun. Stuttgart

RECLAMS UNIVERSAL-BIBLIOTHEK Nr. 18845

Umschlagillustration: Nikolaus Heidelbach, Köln
Umschlaggestaltung: Eva Knoll, Stuttgart
Gesamtherstellung: Reclam, Ditzingen. Printed in Germany 2012
RECLAM, UNIVERSAL-BIBLIOTHEK und
RECLAMS UNIVERSAL-BIBLIOTHEK sind eingetragene Marken
der Philipp Reclam jun. GmbH & Co. KG, Stuttgart
ISBN 978-3-15-018845-3
www.reclam.de

# Inhalt

# Vorwort

Ödön von Horváth schrieb am 23. März 1938 an Theodor Csokor angesichts der »Zeiten« und der »Welt voller Unruhe«: »Man müsste ein Nestroy sein, um all das definieren zu können, was einem undefiniert im Wege steht.«[1] – Ludwig Wittgenstein stellt seinen *Philosophischen Untersuchungen* als Motto das Zitat über die ›Größe des Fortschritts‹ aus Nestroys *Der Schützling* voran:

> Überhaupt hat der Fortschritt das an sich, dass er viel größer ausschaut, als er wirklich ist. (IV,10; SW VII,216; HKA 24/II,91)

Ernst Bloch wählt für das Kapitel über das »Happy-End« im *Prinzip Hoffnung* als Motto eine Passage aus *Einen Jux will er sich machen*, in der der Kommis Weinberl über die »Leere im Innern« räsoniert:

> Der Kommis hat auch Stunden, wo er sich auf ein Zuckerfass lehnt und in süße Träumereien versinkt; da fallt es ihm dann wie ein 25 Pfundgewicht aufs Herz, dass er von Jugend auf ans Gwölb gefesselt war wie ein Blassel an die Hütten. Wenn man nur

1 Vgl. Jürgen Hein, »Der anthologische Nestroy«, in: *Nestroyana* 6 (1984) S. 67–78; J. Hein, »Notizen zur Nestroy-Rezeption. Mit einigen weniger bekannten Dokumenten«, in: *Nestroyana* 2 (1980) S. 3–11; dort auch Nachweis der Zitate.

aus unkompletten Makulaturbüchern etwas vom Weltleben weiß, wenn man den Sonnenaufgang nur vom Bodenfensterl, die Abendröte nur aus Erzählungen der Kundschaften kennt, da bleibt eine Leere im Innern, die alle Ölfässer des Südens, alle Heringsfässer des Nordens nicht ausfüllen, eine Abgeschmacktheit, die alle Muskatblüt' Indiens nicht würzen kann. (I,13; SW XI,139 f.; HKA 18/I,27)

Die Beispiele illustrieren den ›rechten‹ Gebrauch, der von den Zitaten gemacht wird. Im Zitieren von Wortspielen und ›Geistesblitzen‹ Nestroys dokumentiert sich die Unverwüstlichkeit, vielleicht Zeitlosigkeit seines Witzes; freilich zuweilen wird Nestroy – ›ausgebeutet‹ und missverstanden – auch nur zum Lieferanten von Kalendersprüchen, Bonmots, ›Weisheiten‹ für alle Lebenslagen. Wie meinte schon Karl Kraus: die Nachwelt wiederhole seinen Text und verstehe ihn nicht. In ›Zitatenschätzen‹, Zitaten-Lexika unserer Zeit ist Nestroy – nicht nur an den ›Klassikern‹ gemessen – weitgehend unterrepräsentiert.

Johann Nepomuk Nestroy (1801–62) lässt eine seiner Bühnenfiguren sagen: »Der kluge Mann der Gegenwart sagt: ›Was hat denn die Nachwelt für mich getan? Nichts! Gut, das nämliche tu' ich für sie!‹« (*Der Schützling* I,2; SW VII,116; HKA 24/II,14.) Mit dem ersten Teil des Zitats hat er leider lange recht gehabt. Wenn auch um die Jahrhundertwende Nestroys Werk bekannt war und häufiger gespielt wurde – immerhin über 80 Stücke, von denen mehr als 15 zum ständigen Repertoire auch heutiger Theater gehören –, so dauerte es doch noch länger, bis sich die Wissenschaft seiner annahm und Theaterinszenierungen den üblichen verharmlosenden, auf derbe Komik abzielenden Darstellungsstil durchbrachen.

Ödön von Horváth, Thornton Wilder, Friedrich Dürrenmatt und andere haben auf die Modernität Nestroys hingewiesen. Karl Kraus, der großen Anteil an der Nestroy-Renaissance hat, schrieb in seinem berühmten Essay *Nestroy und die Nachwelt* (1912), Nestroy sei kein österreichischer Dialektdichter, sondern ein deutscher Satiriker. Als solcher war er freilich den wenigsten bekannt, die in ihm nur den harmlos-idyllischen Singspiel-Autor der Biedermeierzeit sahen. Dass das Musical *Hello, Dolly* auf eine seiner Possen zurückgeht, hat dieses Vorurteil nicht gerade entkräftet. Die Tatsache, dass Nestroy nach dem Zweiten Weltkrieg an vorderer Stelle unter den am meisten gespielten Dramatikern steht, darf nicht darüber hinwegtäuschen, dass er vielfach in seiner zugleich unterhaltenden und kritischen Potenz unterschätzt wird. Seine Beliebtheit gründet nicht selten in der Unkenntnis und Verstümmelung seines Textes, der unbedingt beim Wort genommen werden muss, damit nicht irgendein operettenwienerisches Boulevardtheater herauskommt. Solcherart ›Verstümmelung‹ will der vorliegende Band natürlich nicht Vorschub leisten.

*Nestroy zum Vergnügen* reiht sich ein in die bunte Kette früherer Sammlungen – die erste, *Aus Nestroy*, erschien bereits 1873 –, die teils unter einem bestimmten Motto standen, teils chronologisch verfuhren oder als ›Breviere‹, »Stich- und Schlagwörter« eine »Auslese der sarkastischsten Stellen, Aussprüche, Witze und Bonmots« – so das *Nestroy-Lexikon* 1892 – bieten wollten. Egon Friedell, der Nestroy einem breiteren Publikum als »österreichischen Philosophen« durch seine *Kulturgeschichte der Neuzeit* bekannt machte, veröffentlichte 1929 die Anthologie *Das ist klassisch! Nestroy-Worte.* Karl Kraus warnte vor dem Kauf der Friedellschen Sammlung, die Zitate aus dem Kontext löse, verfälsche und damit Nestroys Geist entstelle. Freilich hat Friedell schon gemeint, dass man zu den Zitaten immer auch Nestroys Figuren hinzudenken müsse, und es gebe neben dem populären Mimen einen »zweiten Nestroy«, einen »sokratischen Dialektiker und kantisch analysierenden Geist von höchster Feinheit und Schärfe, eine shakespearisch ringende Seele«; dieser »schöpferische Ironiker« sei noch zu entdecken.

Seit Nestroys Tod sind mehr als ein Dutzend Zitat-Sammlungen, ›Breviere‹ usw. erschienen, zum Teil mit unzuverlässiger Textwiedergabe und ohne Quellennachweise. Sie dokumentieren auch den Zeitgeist

Johann Nestroy

Lithographie von Josef Kriehuber, 1839

und das jeweilige Nestroy-Bild; die völkische Vereinnahmung und Umdeutung ist Nestroy ebenfalls nicht erspart geblieben, es gab u. a. eine ›Blütenlese‹ in der Reihe der »Soldatenbücherei«. Die meisten Anthologien nehmen eine ›Ordnung‹ nach Themen oder ›Weltansichten‹ vor. Darin macht auch die vorliegende Sammlung keine Ausnahme. Nestroys bewegliches und widerspruchsvolles Denken über Menschenalltag, Politik, Geld, Liebe, Gewalt und Tod, sein Spiel mit dem Leben und dem eigenen Ich bildet kein ›System‹, das auch die Kapitelüberschriften nicht suggerieren wollen. Eher stellen sie einen Spiegel komödiantischer Themen dar.

Nestroy anthologisch – das ist nicht ohne Probleme. Einerseits handelt es sich um für den Theatergebrauch (Kraus: »geschriebene Schauspielkunst«) bestimmte, aus dem Zusammenhang gerissene Reflexionen und Bemerkungen, die zum Teil nur rollen- und situationsspezifisch zu verstehen sind, andererseits gibt es aber auch ›Einfälle‹ und ›Einlagen‹, darunter Lieder und Couplets, die weitgehend unabhängig vom Kontext des jeweiligen Stückes existieren können. Wenn die Texte auch Rollenaussagen sind, hinter denen sich möglicherweise Nestroys eigene Meinung versteckt, so wirken sie häufig doch auch ›aufgesetzt‹, pointiert und akzentuiert, nicht selten aperçuhaft und kommentierend aus der Possenhandlung hervortretend und damit für das Publikum als

›zweite Ebene‹ gedacht. Manches ›Beiseite‹ besteht aus Seitenblicken, Seitengedanken und verbalen ›Seitensprüngen‹. Das Wechselspiel von Figuren-Text und Autor-Meinung kann vielleicht ebenso wie die Widersprüchlichkeit in den Zitaten mit dem Satz des Holofernes aus *Judith und Holofernes* (3. Szene) auf Nestroy bezogen werden:

> Ich möcht' mich einmal mit mir selbst zusammenhetzen, nur um zu sehen, wer der Stärkere is, ich oder ich. (SW IV,167; HKA 26/II,88)

Nestroys Possen sollen kein Steinbruch für eine Collage nur vergnüglicher Wort- und Gedankenspiele sein; Nestroy muss als Nestroy erkennbar bleiben. Die Zitate stellen Anregungen dar, die theatralischen, sozialgeschichtlichen und biographischen Kontexte und Zusammenhänge aufzusuchen und Nestroys ›Weltsicht‹ im Wort- und Situationswitz zu erkennen. Das Herauslösen und Isolieren der Sentenzen kann bestenfalls auch als Versuch einer Rekonstruktion des Arbeitsprozesses Nestroys gelten, der, zum Teil von Einfällen ausgehend, diese dann zu humoristischen bis satirischen Monologen und Dialogen ausbaut. Die ›Ein- und Ausfälle‹ sind oft ›Keime‹ zu witzigen Gedankenspielen, zur Menschen- und Weltbetrachtung, für die die Handlung der Possen immer wieder Anlass bietet.

Für Nestroys Arbeitsweise ist bezeichnend, dass er Listen von numerierten Notizen und Gedanken anlegte, um sie dann an passender Stelle einzusetzen. Er legte umfangreiche Listen an, zum Teil mit »Ideen«, »Reserve« oder auch »Notizen« überschrieben, und er notierte Einfälle auf Konzeptblättern zu seinen Possen. Viele der in den Stücken wiederzufindenden Notizen und Gedanken sind aphoristisch formuliert. Für Otto Rommel, den Editor der *Sämtlichen Werke* (1924–30), war der Aphorismus die primäre Form der künstlerischen Gestaltung Nestroys; möglicherweise führt hier der Weg von Nestroy zu Karl Kraus und Elias Canetti. Nestroys Aperçus sind freilich selten als selbständige Aussagen intendiert und daher nicht vom Possenkontext zu isolieren. Andererseits erkennt man bei der Rekonstruktion der Nestroyschen Arbeitsweise auch das nachträgliche Einfügen und ›Aufsetzen‹ solcher Einfälle, zum Teil mehrfach verwendet und sprachspielerisch variiert oder pointiert. Hinzu kommt, dass eine strenge Zensur so manche zugespitzte satirische Formulierung gar nicht erst zugelassen hätte; Nestroy übte dann eine Art Vorzensur und setzte, nachdem das Stück die Zensur passiert hatte, die eine oder andere Formulierung wieder ein.

Der einfallsreiche Nestroy lebte auch von den Einfällen anderer, die er – wie seine eigenen ›Ideen‹ und Sentenzen – in fast Brechtscher Weise, den »Materialwert« nutzend, zum Teil mit Zitatanspielung, zum

Teil als »Kollektaneen« verwendete, um dem Einer- und Allerlei der ebenfalls fremden Quellen entnommenen Possen-Handlungen witzige Glanzlichter aufzusetzen. Ein Rezensent bemerkte 1840 zu *Der Talisman*, Nestroy verstehe es, »die Lücken der Handlung mit dem Harlekinsmantel einer witzigen Jovialität zu verhängen und für die Windstille des Geschehens durch das sprühende Feuerwerk eines lebendigen und witzblühenden Dialogs zu entschädigen« (HKA 17/I,128). Was aber Nestroy ›gelesen‹ und – variiert – weitergegeben und was er ›erfunden‹ hat, ist heute schwer zu rekonstruieren. ›Originaler‹ Nestroy begegnet uns jedenfalls in den Monologen, Liedern und Couplets.

Vieles ist bei Nestroy also noch (wieder) zu entdecken: Zeitgebundenheit der Satire und überzeitliche, menschendurchschauende Wirkung. *Nestroy zum Vergnügen* bringt Vertrautes, Erwartetes, aber auch Widersprüchliches, Unerwartetes im Wechselspiel der Zitate. Die Anthologie zeigt im ›originalen‹ Wortlaut – auf Anekdotisches wurde verzichtet – den bekannten und unbekannten Nestroy, den ›ganzen‹ – auch in Ausschnitten – sicher nicht, vermittelt aber vielleicht doch einen repräsentativen Eindruck, in dem Nestroy als Nestroy erkennbar bleibt. Der häufig unterschlagene ›ernste‹ Nestroy kommt ebenso zu Wort wie seine nichtfiktionalen Äußerungen an die ›Obrigkeit‹ (d. h. an die Zensur), in Briefen und in seinem Testament. Insgesamt sind die Zitate ein Kaleidoskop von Wiener Leben, Alltag und Mentalität, sie spiegeln die Atmosphäre der Nestroy-Zeit mit ihren Klischees und deren geistreicher Durchleuchtung; sie sind Beobachtungen einer im Umbruch befindlichen Gesellschaft, die erkennen muss, dass Geld die Welt regiert und alle Lebens- und Kommunikationsformen verändert. Kaum Ausdruck einfacher ›Volksweisheiten‹, lassen sie eine tiefere Dimension entdecken, von der auch vereinzelt Zeitgenossen schon berichteten: Wie komisch Nestroy auch zuweilen werde, könne er doch das Unheimliche nicht verdrängen, welches die Zuhörer beschleiche. Nestroy selbst hätte gesagt, es handele sich um »bonmotisierte« oder »bonmotistische« Bemerkungen, wir erkennen ein ›philosophisches‹ Welt-Theater in Abbreviaturen. Hinter den Zeit- und Weltkommentaren, den Figuren in den Mund gelegt, steht Nestroy vielfach auch selber; sie lassen einen Blick werfen auf die ›innere‹ Biographie Nestroys, die weitgehend noch unentdeckt ist: Alles in allem ein – wie der Titel eines Quodlibets – d. h. »was gefällt« – lautet: vergnüglicher »unzusammenhängender Zusammenhang«.

I

## Die Welt ist grad so, wie ich mir s' vorg'stellt hab'

Nur eine lebhafte Einbildungskraft muss man haben, die muss aber schon verflucht lebhaft sein, nachher is es recht angenehm auf der Welt.

Gibt's kan Eisenbahn,
Gibt's kan Luftballon,
Der mi aussiführet aus dera Welt?

Ich lass' nix kommen über die Welt, wenn auch dann und wann was über mich kommt.

Jetzt, in dem entscheidendsten, hoffnungsvollsten Moment stehe ich da als Windlicht an der Totenbahr' meiner jungen Karriere!

Sei'n wir froh, dass wir unser Seelenfutteral noch haben, und legen wir keinen Spott auf das Irdische. Die Welt is schön. Es gibt zwar fast lauter Unzufriedene drauf; das soll von der menschlichen Ungenügsamkeit kommen. Nicht wahr is's! Das kommt von der

Genügsamkeit, denn wer is genügsam? Der, welcher mit allem zufrieden is; jeder Mensch aber wär' mit allem zufrieden, wenn er alles hätt', weil aber kein Mensch alles hat, drum sind s' alle unzufrieden.

Die Welt scheint sehr glatt, wenn man sie auf lackierten Wagenrädern befahrt, die Welt scheint nicht uneben, wenn man sie mit guten Stiefeln betritt, aber die Welt ist fürchterlich rauh, das kann nur der beurteilen, der öfters barfuß auf ihr herumspaziert.

Ich hab' in dem Heiligtum der Lieb' mein Glück suchen wollen, aber die Grazien haben mich für geschmackswidrig erklärt: ich hab' in den Tempel der Freundschaft geguckt, aber die Freund' sind alle so witzig, da hat's Bonmots g'regnet auf mein' Kopf, bis ich ihn auf ewige Zeiten zurückgezogen hab'. So ist mir ohne Geld, ohne Lieb', ohne Freundschaft meine Umgebung unerträglich 'worden; da hab' ich alle Verhältnisse abg'streift, wie man einen engen Kaput auszieht in der Hitz', und jetzt steh' ich in den Hemdärmeln der Freiheit da.

Wo die Welt eine Grazie findet, da schreit sie gleich eine Venus aus.

WAMPL. […] Was ist die Erde?
WILLIBALD. Ein Himmelskörper, auf dem die Unglücklichen ein höllisches Leben führen.

Meine Reisen, das war's letzte hinausgeworfene Geld: Ich hab' sollen die Welt kennen lernen, und ich hab' gefunden, die Welt ist grad so, wie ich mir s' vorg'stellt hab'.

Ein königliches Paar sitzt seit Anbeginn auf dem Erdenthron und regiert den staatlichen Menschenbund: »Egoismus« heißt der Herrscher, die Herrscherin heißt »Eitelkeit«, und die nimmersatten Leidenschaften bilden ihr unverantwortliches Ministerium.

Das Weltgetümmel ist das wahre Sturzbad für die Herzensentzündung, eine vive Luftveränderung ist die Rosskur für empfindsame Geister.

Ich möcht', dass die ganze Menschheit aufg'hängt wär', um dann der einzige zu sein, der die Welt als wie einen Hund mit Füßen tritt.

Die Welt wird nicht größer, und die Maler werden immer mehr. Wo was Neues finden? Um jeden steirischen Felsen sitzen drei Maler herum und pemseln drauf los! Jedes Bachbrückel, jedes Seitel Wasserfall prangt auf der Leinwand, das ganze Salzkammergut existiert in Öl, die Schweizer Natur hat keine Quadratklafter mehr, die nicht schon zehnmal in der Kunstausstellung war – ja, hören Sie, da muss man auf Europa ein' Zorn krieg'n.

So kopflos urteilt die Welt über die Köpf', und wenn man sich auch den Kopf aufsetz, es nutzt nix. Das Vorurteil is eine Mauer, von der sich noch alle Köpf', die gegen sie ang'rennt sind, mit blutige Köpf' zurückgezogen haben.

POLYCARPUS.

Im ganzen Leb'n gibt's nix so Fad's als das Leb'n,
Es kann meiner Seel' gar nix Faders mehr geb'n.

SIMPLICIUS.

Es nutzt nix, und hat man auch noch so viel Geld,
Die Welt is schon 's Ödeste auf dieser Welt.

Es is kein' Ordnung mehr jetzt in die Stern',
D'Kometen müssten sonst verboten wer'n;
Ein Komet reist ohne Unterlass
Um am Firmament und hat kein' Pass,
Und jetzt richt't a so a Vagabund
Uns die Welt bei Butz und Stingel z'grund;
Aber lass'n ma das, wie's oben steht,
Auch unt' sieht man, dass's auf 'n Ruin los geht.
Abends traut man ins zehnte G'wölb sich nicht hinein
Vor Glanz, denn sie richten s' wie d'Feentempel ein;
Der Zauberer Luxus schaut blendend hervur,
Die böse Fee Krida sperrt nacher 's G'wölb zur.
Da wird einem halt angst und bang,
Die Welt steht auf kein' Fall mehr lang.

Ich find', jede Beleuchtung is unangenehm. Wenn man jemanden hasst, is man froh, wenn man ihn nicht sieht – wozu die Beleuchtung? – Wenn man jemanden liebt, is man froh, wenn einem d' andern Leut' nicht sehn – wozu die Beleuchtung? – Die übrige gleichgültige Welt nimmt sich im Halbdunkel noch am erträglichsten aus; wozu also die Beleuchtung?

Viele fahren über Hütteldorf bis nach Paris,
Dort verspiel'n s' ihr ganz' Geld, o, da machen s' a
G'fries.
Viele fahren nach London, so bloß zum Vergnüg'n,
Dort boxen s' dann, bis s' a paar Rippenstöß' krieg'n;
Von dort über Petersburg g'schwind hin nach Mainz,
Dann machen s' ein' Abstecher übri in die Schweinz,
Da steig'n s' auf die Gletscher, tun Wegweiser zahl'n
Und kraxeln so lang, bis auf d'Nasen herfall'n.
So was ging' mir ab vor mein' End',
Nein, ich reis' nur nach Fischament.

Eine Reise nach Asien, so was is brav,
Da nehmen s' ei'm g'fangen, dann is man ein Sklav';
In Amerika d'Wilden, na, da is's erst schön,
Die brat'n ei'm lebendig, hernach kann man gehn.
Vor Afrika warnt ei'm ein jeder, der's kennt,
Fallet ich so einem Negerhändler dort in die Händ',
Der malt mich mit Kienruß, wer schützt mich
davor?
Mischt mich unter d' andern, verkauft mich als Mohr!
So was ging' mir ab vor mein' End',
Nein, ich reis' nur nach Fischament.

Das Weltteilentdecken, was hat man davon?
's is a Sach', die man nit mit nach Haus nehmen kann.
Drei Weltteil' hab'n s' eh g'habt durch viel tausend
Jahr',

Und 's sein nit z'weni g'west, irzt haben s' fünfe sogar,
's wär' Luxus, wenn i 'n sechsten entdecket dazur,
Fünf Weltteil', das is ja in d'Haut eini g'nur!
Was brauch' ich dem Kapitän Ross seine Ehr'n?
Wegen 'n Nordpol mag ich mir nit d'Nasen erfrör'n.
  So was ging' mir ab vor mein' End',
  Nein, ich reis' nur nach Fischament.

II

## So gibt's viel gute Mensch'n, aber grundschlechte Leut'

Ich glaube von jedem Menschen das Schlechteste, selbst von mir, und ich hab' mich noch selten getäuscht.

BÜRGERMEISTER *(wütend)*. Mensch –!
ULTRA. Hätten Sie mir einen anderen Namen gegeben, so hätt' ich g'sagt: »Selber einer!«, aber so –

Es gibt sehr wenig böse Menschen, und doch geschieht so viel Unheil in der Welt; der größte Teil dieses Unheils kommt auf Rechnung der vielen, vielen guten Menschen, die weiter nichts als gute Menschen sind.

Ich hab' einmal einen Freund g'habt, und seitdem hab' ich gar keinen Abscheu mehr vor die Feind'!

Das Beweisfordern is eine wahre Malträtierung der Menschheit.

Nur wer sich selber für den *Haupt*menschen halt't, schaut alle andern für *Neben*menschen an.

Die Nächstenliebe beginnt bei sich selbst.

Das Misstrauen gegen sein eigenes Geschlecht is ein rein menschliches Prärogativ. Wenn der Zufall zwei Wölfe zusammenführt, fühlt gewiss keiner die geringste Beklemmung über das, dass der andere ein Wolf is; aber zwei Menschen können sich nie im Wald begegnen, ohne dass nicht jeder denkt, der Kerl könnt' ein Räuber sein.

Ja, es glaubt's kein Mensch, was der Mensch alles braucht, bis er halbweg ein' Menschen gleichsieht. Kurios, der Mensch, heißt es, is das Meisterstuck der Schöpfung, und man muss sich völlig arm zahl'n an Schneidern, dass man das Meisterstuck nur gehörig verstecken kann.

Bäumen Sie sich nicht wie ein mächtiges Streitross, Sie Ponny an Gesinnung und Herz. Der Gerechte nur wird groß und furchtbar im gerechten Grimm – an Ihnen nimmt sich alles klein und nichtig aus.

Schmücken Sie sich mit Purpur- und Diamantenkronen, besteigen Sie eine Giraffe und reiten Sie herum auf'n Himalajagipfel, und Sie werden, auch durchs Riesenteleskop betrachtet, noch immer eine niedrige Erscheinung sein!

Die Menschen muss man hassen, ehe man sie kennt, verachten, wenn man sie kennt.

Unglück macht immer interessant; ein glücklicher Alltagsmensch ist immer das Uninteressanteste.

Es gibt Augenblicke im Leben, in welchen man nicht würdig ist, Mensch zu heißen, wenn man nicht alles andere vergisst, als nur Mensch zu sein.

Die Rasse guter Mensch'n is noch lang nicht
ausg'storb'n,
Doch werd'n s' durch böse Leut' oft verleit't und
verdorb'n. –
Man hat Geld, fangt ein G'schäft an, da b'sucht ei'm
ein Mann,
Tragt mit redlichem Sinn Kompagnieschaft ei'm an;
Er sagt, er hat Vermög'n, versteht all's aus'n Grund,

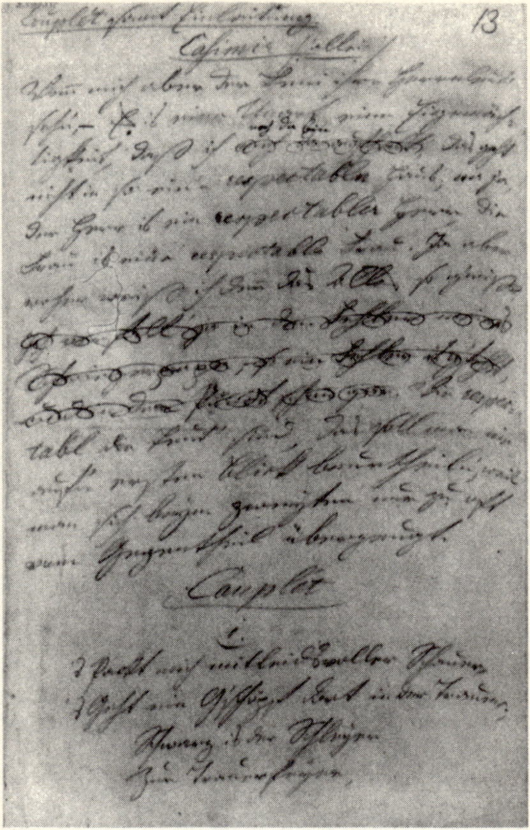


Monolog (mit ›Selbstzensur‹) und Couplet des Casimir in »Heimliches Geld, heimliche Liebe«

Man schließt ab – jetzt kommt 's G'schäft durch ihn
etwas au'm Hund.
Manchen Missgriff zwar könnt' er noch gutmachen
wohl;
Doch da rat'n ihm die Freund', dass 'r in d'Schweiz
flüchten soll –
Er nimmt 's Rest'l aus der Kassa und 's Tags drauf is
er weit –
So gibt's viel gute Mensch'n, aber grundschlechte
Leut'.

Man glaubt nicht, was jeder Mensch glaubt, was er für ein Mensch ist.

»Homo sum«, sagt der Lateiner, das heißt auf deutsch: »Ich bin ein Viehkerl«.

Freilich, man kann keinem Menschen ins Herz schau'n; viel weniger in die Seel', denn die steckt noch hinter dem Herzen.

Mancher Mensch passt nicht für manchen Menschen, manchem Menschen steht mancher Mensch nicht zum G'sicht.

Die Mehrzahl der Menschen ist so! Im Straßengedräng' lernt man s' am besten von dieser Seite kennen; bittet man bescheiden um Platz, so stoßen s' einen mit Unverschämtheit zurück, schiebt man sich mit Ellbogenstößen vorwärts, so ziehen s' mit Devotion den Hut herab.

## III

## Des Schicksals unabschneidbarer Zopf

Jeder Mensch is von der Eisenbahn, denn jeder wird von dem eisernen Schicksal auf seine Bahn geschleudert.

Die Vorsehung hat mit die Reichen, mit die Glücklichen zu viel zu tun, für die Armen bleibt ihr ka Zeit.

Die Macht der Verhältnisse ist der Absolutismus des Daseins, des Schicksals unabschneidbarer Zopf.

Wir sein nix als –
Narren des Schicksals.

Es is wirklich Luxus vom Schicksal, dass es Pfeile schleudert; an seinen Fügungen sieht man ohnedem, dass es das Pulver nicht erfunden hat.

Das Schicksal nimmt manchmal, um nicht zu schrecken, die launige Miene des Zufalls an.

Gerechtigkeit hat das Schicksal keine, das is was Altes, aber doch so eine Art Ausgleichungssucht, die manchmal bis zur Ironie ausartet; darunter gehört auch die Anordnung, dass es die am tiefsten Herabgekommenen in die höchsten Bodenkammerln hinauf verweist.

Ich nehm' überhaupt sehr wenig Notiz von mir selbst. Ich find', das is das Kommodeste; meine Affären betracht' ich als Kuckuckseier, die ich in das fremde Nest des Zufalls leg', der soll s' ausbrüten, wenn er mag! Ich rechne nie! Auf die Art kann 's Schicksal mir auch nie einen Strich durch die Rechnung machen, währenddem man als schlauer Berechner und Planmacher alle Augenblick' den Verdruss erlebt, dass ei'm 's Schicksal das Tintenfass über die Kalkulationen schüttet.

Eigentlich gibt's jetzt keine Sterne mehr, sie geben sich wenigstens nicht mehr ab mit uns. Wie die Welt noch im Finstern war, war der Himmel so hell, und seit die Welt so im Klaren is, hat sich der Himmel verfinstert. Die Stern', die sich anno Aberglauben um unser Schicksal so hinabgezappelt haben, sind anno Aufklärung in dieser Qualität erloschen. Wir sind jetzt weit mehr auf die Welt reduziert, an etwas Irdisches muss man sich jetzt anklammern.

's Schicksal tut doch rein mit die Menschen, was es will; da kann man was sagen von einer Tyrannei. Nach den Grundsätzen des Fortschritts sollt' es schon lang gar kein Schicksal mehr geben.

Geg'n weni Regierung' der Erd' hab' ich was,
Nur wie 's Schicksal regiert, geg'n das hab' ich ein'
Hass.
's Schicksal is ein grundschlechter Regent für sein
Reich,
Es is Nero und Ludwig der Fufzehnte z'gleich.
Geg'n 's Schicksal, da mach' ich alle Stund' Rev'lution,
Denn dem wünsch' ich a unbändige Konstitution.
Da setz' ich ein' G'spitzten mit ei'm breiten Band auf
Und a Feder brennrot bis in d'Wolken hinauf,
So wie d'Gigant'n hab'n den Chimbrasso auf'n
Leopoldiberg 'türmt
Und auf diesen Barrikaden den Himmel hab'n
g'stürmt.
So hätt' ich geg'n 's Schicksal mein' Schneid',
Denn es passt nicht für unsere Zeit.

A allgemeiner Weltreichstag, das wär' wohl was Gut's,
Und doch hab' i auf d'Reichstäg' ka rechte Fiduz;
»In medio virtus« – »In der Mitte is das Recht« –
Das Sprichwort sagt klar, was an d'Reichstäg' is
schlecht.
Ober- und Unterhaus haben s', aber kein Mittelhaus,

Drum geht's drunter und drüber, aber Recht's
kommt nix h'raus.
Man muss 's Schicksal energischer nehmen beim
Kopf,
Denn 's hat all's, was empört, schon für 's erste ein'
Zopf.
's herrscht noch 's nämliche Schicksal, was vor
zweitausend Jahr'
In die griechischen Stück' der böse Zauberer war,
Malträtiert absolut noch die Leut',
Ja, das passt nicht für unsere Zeit.

's Schicksal übt Protektion auch, 's ganze Füllhorn
des Glücks
Schütt't 's über a paar aus, und Millionen krieg'n nix,
Und toleriert es das Wort »Gleichberecht'gung«
nebenbei,
So is das a handgreifliche Leutfopperei.
Von diesem Phantom hat der Mensch 's klare Bild
Bei der Ziehung, wann wird wo a Herrschaft
ausg'spielt;
Da strömen viele Tausend Gleichb'rechtigte hin,
Aber in Glücksrad sind doch nur drei Haupttreffer
drin;
D' andern alle fall'n durch, und sie krieg'n ein'
Schmarr'n,
Nur 's Bewusstsein hab'n s', dass s' Gleichb'rechtigte
war'n.

Doch fünf Guld'n müssen s' zahl'n für die Freud' –
's Schicksal passt nicht für unsere Zeit.

Eine Eig'nschaft vom Schicksal is gar angenehm,
Es is Bureaukrat ganz nach'n alten System;
Vor all'n in Finanzsachen weist's, wo's nur kann,
In jed'r Schwulität g'schwind auf d' bess're Welt an.
So kriegt die Ewigkeit eine enorme Staatsschuld,
Macht a Anlehn ums andere bei der
Menschengeduld.
Und beschwert man gegen 's Schicksal sich im
Herzensdrang,
Da geht die Sach' echt bureaukratischen Gang;
Es wird nix erledigt, es wird nix erhob'n,
's wird hübsch auf d' lange Bank der Ewigkeit alles
g'schob'n,
Es erlebt gar kein Mensch einen Bescheid,
Ja, das passt nicht für unsere Zeit.

'm Schicksal steht auch d'Öffentlichkeit nicht zum
G'sicht,
Unerforschlich, geheim, alles à la Femg'richt,
Hingeg'n selbst erforscht s' all's g'nau, find't jed'n
Tag und Nacht,
Ganz wie's a selig entschlafne Behörde hat g'macht.
Es muss in die Stern', weiter drob'n oder darneb'n,
Nebst der Milchstraßen auch noch a Herrengassn
geb'n.

Nur eins hat 's Schicksal voraus vor ein' Erdentyrann,
Nämlich das, dass nach Gusto drüb'r schimpfen
man kann.
Man weiß zwar, es nutzt nix, aber schön is's halt
doch,
Wenn ich weiß, ich kann reden und komm' nicht
ins Loch.
Das Einz'ge am Schicksal is g'scheit,
Alles andre passt nicht für die Zeit.

IV

## Fehlerfreie Männer gibt's nicht

Bei Männern gibt's keine Menschenkenntnis; denn wenn man s' kennt, so lernt man s' als Unmenschen kennen.

Fehlerfreie Männer gibt's nicht, also heißt's entweder ledig bleiben oder einen nehmen mit die Fehler.

Wenn ein Mann nebstbei ein bisserl ein' Bart hat, so steht das männlich schön; wenn aber ein Bart nur nebstbei a bisserl ein' Mann hat, so steht das g'spaßig.

Ein braves Weib gibt ihren Mann noch nicht auf, selbst wenn's schon Schläg' kriegt hat von ihm, und ich sollt' von mein'm Liebhaber lassen, weil ich vielleicht einmal Schläg' kriegen könnt'? Nein, das ist zu weit herg'holt. Wenn ein Mann nur brav ist und treu, alles andere macht nichts.

Hat man unrecht, wenn man von die Männer was Böses denkt? Ja, einmal vielleicht, aber neunundneunzigmal hat man recht.

Sekkieren muss man die Männer, beständig unterm Wasser halten muss man s', wie man s' nur a bisserl Luft schnappen lasst, wie sie sich nur ein wenig glücklich fühlen, da sind s' gleich nix nutz.

ZAIDE.
Bei uns herrscht der Mann und befiehlt, was er will.

PLUMPSACK.
Bei uns herrschen d'Weiber und d'Männer sein still.

ZAIDE.
Bei uns sein die Männer durchaus keiner treu.

PLUMPSACK.
Bei uns hat man wieder mit d'Weiber Kei'rei.

ZAIDE.
Bei uns trag'n d'Weiber Schleier, durch die dringt kein Blick.

PLUMPSACK.
Bei uns hab'n sie s' anhängen bloß fürs gache Glück.

BEIDE.
Ich sag's ja, der Unterschied, das ist nichts Klan's,<br>Wien und Asien is grad wie tausend und ans.

Es is oft schwer, die Vaterschaft zu beweisen, wenn nicht Muttermäler vorhanden sind, aber für die Onkelschaft gibt's gar keinen Beweis.

Ich bin ein aufgeklärter Kerl, aber das geht über meine Begriff'.

Was m'r am Mann einst vor All'm hat g'schätzt, war die Kraft,
Als Fatschenkind hat er mit der Ammel schon g'raft,
Als zehnjähr'ger Bua hat er g'schwungen schon's Schwert,
Und zur Leibübung d'Kappen g'worfen um d'Erd',
Vom zwanzigsten Jahr bis zum sechzigsten dann
War er rein nix mehr andres als eiserner Mann.
Ein jetziger Jüngling mit bleichem Gesicht
Ertraget so ein eisiges Nachtjankerl nicht.
Wann die Maid zu ihm saget: Beweis' dich als Mann,
Zieh mir z' Lieb den staglernen Ritterfrack an
Und nimm mich um d'Mitt', trag mich in schnellem Lauf
Auf dein Felsenburg in dritten Stock ob'n hinauf,
Er müsst' sag'n: »Bitt dich gar schön, geh z' Fuß, holde Maid!«
Ja, die Männer von Eisen sind ganz aus der Zeit.

Johann Nestroy als Bertram in »Robert der Teuxel«
Aquarell von Franz Gaul

Wenn's drauf ankommt, eine Geliebte zu betrügen, da ist der Dümmste ein Philosoph.

Männer sind immer zu Füßen, wenn sie auf a Hand spekulieren.

Ich hab' in mein' G'sicht so etwas Herg'nommenes und das macht mir so ein hingebendes Aussehen.

Die meisten verdienen den Namen Liebhaber deßtwegen, weil s' außer der Lieb' gar nix haben.

Man nennt uns gewöhnlich das schwache
Geschlecht,
Den Nam' haben uns Männer auf'bracht, mir is recht;
Wir sind drüber nicht auf'bracht, doch lachen wir
im still'n,
Wann d'Herrn mit ihren Schwächen die Starken
woll'n spiel'n.
Sie sind stark auf ein' Pferd, was zu bändigen kaum,
Doch zu schwach, um sich selber zu halten im
Zaum.
Sie sind stark im Lüg'n, wenn s' uns von Liebe
vorsagen,

Doch zu schwach, wenn's drauf ankommt, unsre
Laune zu ertragen.
Und die prahl'n sich mit Seelenstärke, dass i nit
lach' –
's is a starkes Geschlecht, aber schwach, aber schwach!

Ein roher Mann, wird er auch noch so sehr am Feuer der Liebe gebraten, es wird nie etwas Genießbares draus.

Sie hat mich zu wenig gekannt. [...] Ich war beim Tag immer in der Werkstatt oder sonstwo, bei der Nacht nie zu Haus; nur an die Sonntäg', da bin ich mit die Kameraden wohin gangen. Wie kann da das Weib einen Mann kennen?

So a Schwiegermutter is a Genuss; das sind die Mutterfreuden des Mannes.

# V

## ’s is a schöne Erfindung, das schöne Geschlecht

Einen Gang hat s’ als wie eine Prozession, die aus einer einzigen Person besteht.

Sie hat eine reine Seele […], aber es legt sich der Staub der Eitelkeit drein, und das bringt Gefahr für die Treue.

Von was die Mädchenherzen sein,
Darüber streit’t man viel,
Kein menschlich Forschen dringt darein
Und führt zum klaren Ziel.
So viel nur zeigte sich sogleich,
Dass keines ist von Stein,
Bei diesen Herzen zart und weich
Ist Härte stets nur Schein.
Von Glas sind sie auch sicher nicht,
Ganz durchsichtig und hell,
Und heutzutage auch zerbricht
Ein Herz nicht gar so schnell.

In jedem Fall sind s' von Metall,
Weil sie so leicht erglühn,
Doch nicht von Eisen, nicht von Stahl,
Sie schmelzt ein leicht Bemühn.

Von Blei sind s' gar nicht, Blei ist schwer,
Und unsre Herzen leicht,
Von reinem Gold auch selten mehr,
Des Glanz niemals erbleicht.
's ist eine Komposition,
Das spricht sich deutlich aus,
Doch kriegt die Mischungen davon
Kein Chemiker heraus.

Sei'n Sie ruhig mit der Jugend – Leut' untereinander bringen und Waschereien machen waren nur früher Monopolien der alten Weiber, jetzt sind diese Tugenden bis zum zwanzigsten Jahr heruntergestiegen.

Schöne Mädln sind halt im Negligé am schönsten. Schad', dass die Mode nicht aufkommt, dass man in Negligé auf'n Ball geht, da sieht man doch, was schön und was wild ist.

Die Taille ist die merkwürdigste Linie des Menschen, sie halbiert nicht nur jedes einzelne Individuum, nein, sie teilt auch das ganze schöne Geschlecht in zwei Teile, nämlich in solche, welche eine Taille haben, und in solche, welchen der Schneider erst eine machen muss.

Eine Frau hält ihren Namen, zärtlich ausgesprochen, für die schönste Rede.

Sentimentale Wachstümer sind jetzt nicht weiter gesucht. – Früher, wenn die Männer ein mageres Frauenzimmer g'sehen haben, haben s' g'sagt: »Da ist nichts dran!« – Jetzt sagen s' aber: »Die ist interessant, himmlisch, ätherisch!«

Die Nerven von Spinnengeweb', d'Herzen von Wachs und d'Köpferln von Eisen, das is ja der Grundriss der weiblichen Struktur.

Die hat mich erheitert, dass ich springen grad
möcht'.
's is a schöne Erfindung, das schöne Geschlecht.

Sie ist zwar nicht jung, aber hübsch ist sie auch nicht.

Nein sie ist zu schön! – Wann die das, was sie zu viel an Schönheit hat, abgebet an sieben hässliche alte Jungfern, so würden noch glückliche Gattinnen draus.

Zartheit ist das Wesentlichste an der Stärke des Weibes.

Wenn uns einer g'fallt und versteht uns nit glei',
Was soll man da machen, 's is hart, meiner Treu;
A Mann, der hat's leicht, ja, der rennt einer nach,
Und merkt sie 's nit heut', so merkt sie 's in vierzehn Tag',
Er tut desperat, fahrt mit 'n Kopf geg'n die Wand,
Aber dass er's nit g'spürt, macht er's so mit der Hand;
Und 's Madel gibt nach, dass er sich nur nix tut –
Ja, die Männer hab'n 's gut, hab'n 's gut, hab'n 's gut!

Wenn uns einer kränkt, das is weiter kein Jammer,
Was können wir tun? Nix als wana in der Kammer!
Kränken wir einen Mann, tut's ihn nicht stark ergreifen,
Er setzt sich ins Wirtshaus und stopft si sei Pfeifen;

Wir glaub'n, er verzweifelt, derweil isst er ein' Kas,
Trinkt ein' Heurigen und macht mit der Kellnerin
G'spaß,
Schaut im Hamgehn einer andern gleich hübsch
unter'n Hut –
Ja, die Männer hab'n 's gut, hab'n 's gut, hab'n 's gut!

Hat a Madel die zweite oder dritte Amour,
Is ihr Ruf schon verschandelt, und nachher is zur.
In dem Punkt is a Mann gegen uns rein a Köni,
Wann er fünfzig Madeln anschmiert, verschlagt ihm
das weni;
Auf so ein' Hallodri hab'n d'Madeln erst Schneid,
Und g'schieht es aus Lieb' nit, so g'schieht es aus
Neid,
Dass man sich um ein solchen erst recht reißen tut –
Ja, die Männer hab'n 's gut, hab'n 's gut, hab'n 's gut!

Ja, Weiberschönheit is wohl recht eine schöne Schönheit, aber nix auf die Dauer.

Seltenes Geschöpf, sie erschrickt, wenn einer anklopft! Sonst ist den Frauenzimmern nur das schrecklich, wenn keiner mehr anklopft.

VI

## Die mit dem Namen »Hochzeit« bekleidete offizielle Orgie der Liebe

Das Eheband is das kürzeste an Raum, das längste in der Zeit.

Uneigennützige Liebe ist doch nur Egoismus in edlerer Form.

's Sitzenlassen is immer billiger als 's Heiraten.

Weshalb soll ich s' denn heiraten, wenn es sich nicht rentiert? Der Eh'stand, wenn er kinderlos is, is um fünfzig Prozent kostspieliger als der ledige; kommt Familie, so steigt es auf hundert Prozent; Gall' und Verdruss kann man auch auf etliche Prozent anschlagen; ergo muss die Frau immer etwas mehr Vermögen haben als der Mann, sonst schaut für unsereinen ein klares Defizit heraus.

Eher ein Lokomotiv aufhalten als ein' jungen Beamten, der mit'n Anstellungsdekret in d'Sakristei rennt, a Kopulation b'stell'n.

Und die merkwürdige Ironie, dass man die Neugeborenen in Körbe legt, als ob man den Eltern vorrupfen wollt', hättet's ein's dem andern einen Korb gegeben, so hättet's die Sorg' nicht auf'n Hals.

Vernunftheirat, richtig. Also gehn wir hin, ich mach' gleich über Hals und Kopf eine Vernunftheirat.

Verheiratete seufzen immer tiefer als die Ledigen.

Genial ist nur die Ledigkeit, Heirat ist Spießbürgerei.

Die wällischen Madln, das ist schon a Pracht,
A Deutsche dageg'n, das ist wie Tag und Nacht.
Bis a Deutsche die Wort' sagt: »Ich bin ewig dein«,
Derweil kann m'r in Italien verheirat't schon sein.

Sie nehmen die Sache vom Gesichtspunkt des Schäferstündlers, und da haben Sie's höchst fälschlich als eine Sache zu zweien betrachtet. Bei Schäferstunden derart is durchaus ein dritter notwendig, der ein Schaf is.

Ja, die Lieb' – die Lieb', das ist die Köchin, die am meisten anrichtet in der Welt.

Ist das nicht auch ein Malheur, wenn man um zwanzig Jahr' zu spät Wittiber wird? Mein schönstes Mannesalter hat sie mir verxanthippiert.

Die Lieb' ist eine Nachtigall, und die Nachtigallen haben das, dass sie im dunklen Laub des Verbotes viel reizender schlagen als auf der offnen, flachen Heerstraße der Pflicht.

Man mag sagen, was man will, es ist jetzt nicht mehr das Vergnügen auf'n Land, als wie ehmals. Es war eine Zeit, wo sich die Bauernbengeln eine Gnad' draus g'macht haben, wenn man ihren Madln schön getan hat, und jetzt kennen sie die Eifersucht so gut, als wie die Liebhaber in der Stadt. O, verderbliche Aufklärung, du ruinierst uns die schönsten ländlichen Unterhaltungen.

Liebe muss auf zwei sich gegenüberstehende Achtungen gegründet sein. Könnte die Frau einen um Kost und Quartier, Leib'skleidung und Rekreationsgeld Liebe versprechenden Mann achten? Könnte der Mann eine solche Frau achten, die einen solchen Mann achten könnte, der eine Frau achten würde, die ihn nicht achten kann, weil er sie nicht achten könnte, ohne in der Achtung seiner Frau zu verlieren? Ich und eine reiche Witwe, das wär' grad so, als wie die poetische Gutsbesitzerin, von der s' a Stuck aufführen – Sappho hat s' g'heißen – die sich aus dem damaligen Circus gymnasticus einen griechischen Tagdieb nach Haus 'bracht hat. Selbstmord war der weltbekannte Ausgang dieser Histori – sie hat sich ins Wasser g'stürzt und er hat sich ins Stub'nmadl verbrennt.

Diese an einen Liebesbund geknüpfte Öffentlichkeit, dieser Anschlagzettel der süßesten Geheimnisse, diese unstatthafte Schaustellung einer Blume, welcher die Grabschrift angeheftet, verletzt das Gefühl, ich finde etwas Beschimpfendes in dieser mit dem Namen »Hochzeit« bekleideten offiziellen Orgie der Liebe.

Ja, beim Heiraten muss man nit voreilig sein; das is ein Schritt, der Überlegung braucht; so mancher tummelt sich beim Unterschreiben des Eh'kontraktes und glaubt, jetzt wird er Mitglied des seligsten Ver-

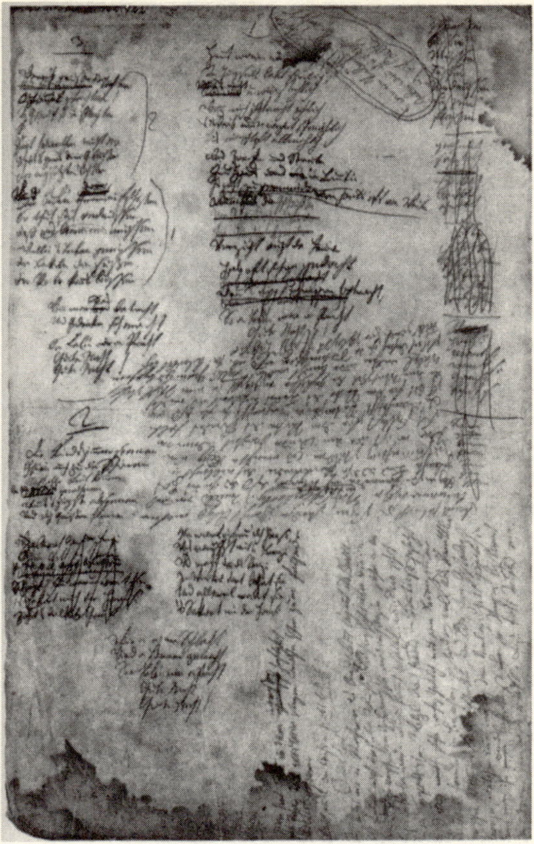

Notizen zu »Unverhofft«

eins, und derweil schreibt man sich in die wechselseitige Lebensverbitterungsanstalt ein.

Das sind schon die wahren Partien, die sich selber antragen.

Ich bin immer gern bei Hochzeiten, schon das Bewusstsein, dass es nicht die meinige ist, macht, dass sich die Brust froh und frei erhebt.

's Herz is wie der Magen – wenn man lang nicht geliebt hat, so is es grad, als wie wenn man lang nix gegessen hat, man is bald mit was zufrieden.

Man braucht ja nix als Liebe und alles mögliche andere, und die Erde ist ein Paradies.

Liebe ist ein Beweis von Schwäche, den man einem noch schwächeren Wesen gibt.

Man soll die Verirrungen des Geistes nicht für ein Bedürfnis des Herzens halten.

Der Ehestand verwandelt die feenhafte Villa des Ideals in einen ergiebigen Meierhof.

Die Gefahr is ja der Schneider, der der Liebe das poetische Ballkleid macht, im prosaischen Schlafrock der Alltäglichkeit nimmt sich diese Himmelstochter miserabel aus.

Ja, mit dem Heiraten geht's oft wie beim Krapfenbacken: man nimmt alles mögliche dazu, und sie g'raten doch nicht.

Der Ehestand gleicht einem Wagen,
Bepackt mit Freuden und mit Plagen,
Der Mann ist darin eingespannt,
Das Weib kutschiert mit mächt'ger Hand.

Mit dem Pantoffel sitzt sie da
Und lenkt den Mann hin, fern und nah,
Und hält sie fest den Zügel an,
Geht stets den rechten Weg der Mann.

Doch lasst die Frau den Zügel nach,
Da rennt der Mann hinein in' Tag,
Springt aus dem Gleis wie toll herum
Und wirft den Eh'standswagen um.

So ein trunknes Paar Liebesseelen verfehlt das Ziel, grad wie zwei Rauschige, die einander nach Haus führen woll'n.

Heut' gibt's eine wichtigere Kocherei! Mein Herz is an'brennt. Drum muss das Reindel meiner Empfindungen wegg'ruckt werd'n von der Glut unerfüllter Wünsche, die leere Pasteten meines Innern muss g'füllt werden mit den Tauben der Zärtlichkeit, über den Schmarren meines Lebens muss der Zucker der Liebe gestreut werden.

… hab' ich den Entschluss gefasst, das lärmende Gassenlogis frivoler Jungg'sellenschaft mit der stillen Gartenwohnung des Ehestands zu vertauschen.

BAUMÖL. Du hast also in der Eh'standslotterie ein Prämien-gratis-sicher-gewinnendes-rotes-Gold-Frei-Los gezogen?

ZICHORI. Sehr!

SCHWEFEL. Schwimmst in Wonne?

ZICHORI. Sehr! Das ganze Wonnemeer hat sich für mich zur Schwimmschul' konzentriert.

Verdoppeln lässt sich das Glück nur, wenn man es teilt.

Wenn es sich um so Mädln, Haubenputzerinnen, Nähterinnen, Seidenwinderinnen etc. handelt, da heißt dieser chemische Herzensprozess nicht einmal »Liebe«, da wird das Ding nur »Bekanntschaft« genannt, und mit dem veränderten Namen entsteht auch in der Sache ein himmelweiter Unterschied. Bei der Liebe nur wird man bezaubert, bei der Bekanntschaft, da sieht man sich gern; bei der Liebe nur schwebt man in höheren Regionen, bei der Bekanntschaft geht man in einen irdischen Garten wohin, wo 's Bier gut und 's kälberne Bratl groß is; bei der Liebe nur heißt's: »Er is treulos, meineidig, ein Verräter!«, bei der Bekanntschaft heißt's bloß: »Jetzt hat er a neue Bekanntschaft gemacht!«

Ich bin auch verliebt, aber nicht in das schöne Geschlecht, sondern in das Flaschengeschlecht. Dabei lebt man ruhig und vergnügt. Ich umarm' eine um die andere, und 's gibt keinen Zank, keine Eifersucht; höchstens die letzte wird manchmal grob und wirft mich um die Erde.

Die Liebe kommt mir vor als wie eine Hausunterhaltung, die sich ganz unverhofft gestaltet, das sind immer die schönsten. Der Eh'stand hingegen is als wie eine Landpartie, wo man sich eine Menge vornimmt, wie unendlich man sich unterhalten will, da wird meistens nix draus, allerhand Verdruss und ein recht's Wetter sind, so wie das landpartieliche, auch das eh'ständliche Fazit.

Wenn man sieht, wie sich oft geg'nseitig d'Eh'leut' nicht mög'n,
Da bin ich und mein' Frau ganz der Geg'nsatz dageg'n,
Kaprizen hat d' meine, das nehm' ich nit g'nau,
Wenn s' keine Kaprizen hätt', wär's ja ka Frau;
Beim Zanken agiert s' öfters z' stark mit die Händ',
Sie is halt heftig, na ja, das is ihr Temp'rament;
Wenn ich red', sagt s': »'s is's beste, wennst 's Maul halten tust!«
Das is offenbar Liebe, sie schont halt mein' Brust –
Mög'n s' sag'n, was sie wollen, die Leut',
Ich hab' halt am Eh'stand mein' Freud'.

Ja, Freund, so machen's die Witwen: zuerst setzen s' ein' *nach*, in Brautständen setzen s' ein' was *vor*, als Frauen setzen s' ein' was *auf*, wenn man dahinterkommt, da setzt's was *ab*; ein andersmal machen sie's dann pfiffiger und setzen ein' *an*.

Die Ehen werden im Himmel geschlossen, [...] darum erfordert dieser Stand auch meistens eine überirdische Geduld.

Dafür is ja eben 's Heiraten erfunden, dass 's nix mehr nutzt, wenn 's einem reut; wenn die Reue nicht wär', wär' ja die Liebe genug.

Unüberwindliche Abneigung, seinerseitige Grantigkeit, Z'widrigkeit, Sekkatur – an Scheidungsgründen fehlt's nie, wenn nur der gute Wille da is.

Die Liebe ist ein Traum, die Ehe ein Geschäft.

Man macht dadurch überhaupt dem Ehestand ein sehr schlechtes Kompliment, dass man nur immer die verstorbenen Männer, die ihn schon überstanden haben, »die Seligen« heißt.

Liebesbriefe zu schreiben, das könnt' überhaupt ganz abkommen, und ein Lithograph machet da ein prächtiges G'schäft dabei; man brauchet ja nur vier Formular': eins mit einer Liebeserklärung, eins mit einer Eifersucht, eins mit einer Versöhnung und Bestellung und eins mit einem gänzlichen Bruch. Wenn man das so 'druckter zu kaufen krieget als wie die Trattawechseln, so brauchet man nur immer Namen und Datum auszufüllen, und die verliebte Welt wäre versorgt auf ewige Zeiten.

## AN KAROLINE KÖFER, WIEN

*12. März 1855*

Mein Fräulein!

Nicht nur der Brief an und für sich, mehr noch die, bei möglicherweise gänzlicher Erfolglosigkeit desselben, gewagte Länge dieses Briefes, ist das, was Sie in Staunen setzen wird. Ohne Ihre Geduld durch die landesüblichen Entschuldigungen noch mehr zu ermüden, eile ich sogleich zur Sache.

Da ich keinen Abend ohne Theaterbesuch verlebe, fügte es sich, dass ich Sie sah, dass ich Sie in Stadt- und Vorstadt-Theater wiederholt gesehen. Ich glaube kaum, dass ich das Glück hatte, von Ihnen bemerkt worden zu sein; man wird ja gewöhnlich übersehen, wenn man, wiewohl vielleicht mit einigen Ansprüchen auf Eroberungen ausgerüstet, sich an der Seite der Gemahlin, und somit als Ehekrüppel präsentiert. Das einemal waren sogar, die zweite Loge neben mir, ein paar Dandys, denen Ihr Operngucker nicht ohne Wohlgefallen sich zuzuwenden schien, der Gegenstand meines stillen Neides.

Dem ungeachtet, mein Fräulein, wage ich es, in diesen Zeilen das auszusprechen, was Sie von vielen andern, und oft werden gehört haben; ich sage Ihnen nämlich, dass Sie, liebenswürdig und interessant in hohem Grade, der Gegenstand meiner glühendsten Wünsche sind.

Wie werden Sie diese Worte aufnehmen? vielleicht werden Sie mich als zudringlichen Unbekannten auslachen, vielleicht sogar, wenn Sie, was beinahe nicht anders denkbar ist, einen Geliebten haben, in Compagnie mich auslachen. Dieser Gefahr stelle ich mich bloß, aber ich kann es tuen, erstens, weil Sie in diesem Falle nur über einen Unbekannten lachen, und zweitens, weil mir dann immer noch der Trost bleibt, Sie hätten mich vielleicht nicht ausgelacht, wenn Sie sich die Mühe genommen hätten, den Unbekannten kennen zu lernen. Ich kenne Ihre Lebensverhältnisse nicht, und habe meinem Bedienten, welcher beim Nachhausegehen Ihren Schritten folgen musste, und welcher von einem auf der Treppe stehenden Individuum, wenn auch in etwas unfreundlichem Tone, Ihren Namen erfuhr, jede weitere Neugier, welche Ihnen, wenn Sie Kunde davon erhalten hätten, verletzend hätte erscheinen können, aufs strengste untersagt. Meine Ansicht ist die; junge schöne Damen mögen in was immer für Lebensverhältnissen sein, ein im Stillen begünstigter, beglückter, und dafür dankbarer, diskreter Freund ist nie unbedingt zu verwerfen, und selbst, wenn Sie Braut sein sollten, dürfte Ihnen nach den Flitterwochen ein derart geheimer Freund nicht ohne Nutzen sein. Wenn Sie in diese meine Ansicht eingehen, mein Fräulein, und darauf kömmt alles an, dann hoffe ich, dass Sie das, was ich Ihnen alsbald proponieren werde, nicht zurückweisen dürften. Ich habe nur noch vorauszuschicken, dass ich mehrere Tage unschlüssig war, über die Art und Weise, wie ich mich Ihnen nähern sollte. Ich wählte endlich dennoch den, durch die Ungewissheit, ob der Brief in Ihre Hände kommen wird, oder nicht, etwas gefährlichen brieflichen Weg, und verwarf den ersten Plan, nach welchem ich eine Gelegenheit, Sie auf der Straße anzusprechen, abwarten wollte, einen Plan, welcher Sie wahrscheinlich verletzt und mich von dem ersehnten Ziele nur entfernt haben würde.

Sie werden mir die Umständlichkeit meiner Proposition vielleicht als Unbeholfenheit auslegen, sie hat aber ihren Grund einzig nur darin, dass ich es nicht über mich gewinnen kann, mich einer jungen Dame, in die ich mehr als gewöhnlichen Wert setze, auf die zwar gangbarste, aber etwas ordinäre Weise zu nähern. Der Vorschlag, den ich Ihnen nun mache, ist folgender. Ich wähle eine unverdächtige Stunde halb zwei Uhr mittags; ich wähle einen unverdächtigen Ort, die Prater-Hauptallee. Ich werde früher schon mich unten befinden, und morgen Donnerstag Punkt halb zwei Uhr langsam vom untern Ende der Hauptallee, vom Rondeau nämlich, nach dem obern Ende derselben, nach dem Praterstern zufahren. Wenn Sie, mein Fräulein, zur selben Zeit halb zwei Uhr vom Praterstern nach dem Rondeau hinunterfahren, so werden unsere Wagen sich begegnen. Belieben Sie, damit ich Ihren Wagen in einiger Entfernung schon erkenne, da man in Wien links fährt, am geöffneten Wagenfenster rechts, das Schnupftuch zu halten; dieses Schnupftuch wird mir zugleich das mich hochbeglückende Zeichen sein, dass Sie, im Falle Sie mich Ihrer Gunst würdig finden, in meine oben ausgesprochene Ansicht über geheime Liaisons eingehen. Ich selbst werde, da zu dieser Zeit mehrere Wagen den Corso machen, durch einen lichtgrauen hochrot ausgeschlagenen Reise-Manteau Ihnen erkennbar sein. Ohne Ihnen dann weiter zu folgen, sehe ich Ihr Erscheinen als die Erlaubnis an, den zweiten Schritt zu tuen. Dieser wird darin bestehen, dass Sie gleich den folgenden Tag einen zweiten Brief von mir bekommen. In demselben werde ich Ihnen einen Vorschlag machen über die Art und Weise, wie ich das Glück haben kann, Sie zu sprechen.

Meine Wünsche wissen Sie nun, die Erfüllung liegt in Ihrer Hand, und wenn es nur zu der, aus dem zweiten Briefe entspringenden Unterredung kommt, dann hoffe ich gewiss, mich als Ihrer Gunst würdig zu erweisen, so dass ich dem ersehnten Ziele mit einiger Zuversicht entgegensehe.

Ihr Sie hochschätzender
eifriger Verehrer
L. B. v. R.

VII

## Aber die Macht des Keingeldes ist furchtbar

Ich hab' feste Grundsätz', fest bleib' ich dabei,
Nur wenn ich ein Geld seh', da änder' ich s' glei'.

's Geld braucht man halt zum Leben, und leben tu' ich in einemfort, also brauch' ich halt in einemfort ein Geld.

Zum Leben gehört sich billig berechnet, eine Million, und das ist nicht genug, auch ein geistiger Aufschwung g'hört dazu, und das find't man höchst selten beisamm; wenigstens, was ich von die Millionär weiß, so führen fast alle aus millionärischer Gewinn-Vermehrungspassion ein so fades trockenes Geschäftsleben, was kaum den blühenden Namen Vegetation verdient.

Das Geld ist der Punkt, den Archimedes suchte, um die Welt zu bewegen.

Lassts mich aus mit der Welt,
Es is nix ohne Geld.

Es gibt Leute, deren Herzen gerade in dem Grad einschrumpfen, als ihre Geldbörsen sich erweitern.

In der Anwendung nur kann das Respektable des Geldes liegen.

Geld macht nicht glücklich«, sagt ein Philosoph, der Gott 'dankt hätt', wenn ihm wer eins g'liehen hätt'.

Seit der Existenz des Geldes gibt es in jedem Stand Reiche und Ärmere. Es ist ein Unterschied zwischen Bäck und Bäck, es ist eine Differenz zwischen Fleischhacker und Fleischhacker, aber der Abstand, der zwischen Tandler und Tandler is, der geht schon ins Unberechenbare hinein.

Sie sind Menschenfreund, ich bin Mensch, folglich sind Sie auch mein Freund, und ein Freund kann schon dem andern mit Geld aushelfen, und dass Sie sehen, dass meine Freundschaft uninteressiert ist, nehm' ich das Geld ohne Interessen.

Das ist ja das größte Vorrecht einer Million, dass man damit so dumm daherreden kann, als man will, und doch was gilt.

Ihr Geld bei mir, meine Schulden hinter mir, so fordere ich mein Jahrhundert in die Schranken!

Ich verachte dein Geld zu sehr, als dass ich es dir zurückgeben möchte.

Du bist ausersehen, deinen Vater schuldenfrei zu machen! Is das nicht eine herrliche Bestimmung?

Ich bin ein Künstler, das kann mir kein Mensch abstreiten, ich betreibe die große Kunst, auf Unkosten andrer Leut' zu leben. Mein Bleiben ist nirgends, aber meine Werkstatt ist überall.

Ich möcht' fast behaupten, es is nur das Geld
Das wahre Element für die menschliche Welt;
Es möcht' jeder g'hör'n unter d'Kapitalisten,
Wenn ihn auch vorher anfeinden d'Sozialisten;
Doch jetzt frag' i, wann 's Geld wurd einmal
reduziert,
Was für a Element nacher uns übrig bleib'n wird.
Drum lasst sich nix sag'n, als: man hat noch ka Spur
Vom wahr'n Element für die Menschennatur!

GRAUFALTER. [...] Die Macht des Geldes –

HOLZSTAMM. Ist nichts, aber die Macht des Keingeldes ist furchtbar!

Der Verstand is das Licht unsers Lebens, darum:
Wer keinen hat, wandelt im Finstern stets um.
Auch 's Geld ist a wichtige Sach' heutzutag',
Und *der* Mensch, bei dem's allweil schwarz ist im
Sack,
Für den is das Leben dann, sei's wie es sei,
Auch nichts als a b'ständige Nachtwandlerei.

Wem a traurige Wirklichkeit nur is beschert,
Der muss als Ressource sich all's denken verkehrt;
Ich schau' oft mein' Sack an *(wendet die leere Tasche um)*
und denk' mir dann: Ah!

Da is a Million drin, *(wendet die andere ebenfalls leere Tasche um)* in dem sein gar zwa!
Wenn jetzt die, die in d'r Equipagi umfahr'n,
Sich plötzlich verwandleten in arme Narr'n,
Müssten betteln bei mir um a G'wand, um a alt's –
Das is wohl nur Chimäre, aber mich unterhalt't's.

VIII

## Die angeborene Feindschaft zwischen Arm und Reich

Hätt' sich der Adam im Paradies einen Adelsbrief 'kauft, wären wir jetzt alle gnädige Herrn.

Eine Baronin um die Mitt' nehmen als wie a Bauerndirn' au'm Kirchtag, das geht ja ins Attentatische hinüber.

Hausherrn haben noch selten hoffnungslos geliebt.

Armut is ohne Zweifel das Schrecklichste. Mir dürft' einer zehn Millionen herlegen und sagen, ich soll arm sein dafür, ich nähmet's nicht.

Das is eben das Dumme und höchst Ungerechte. Wenn die reichen Leut' nicht wieder reiche einladeten, sondern arme Leut', dann hätten alle genug zu essen.

Was haben diese Leut', diese Alchimisten alles über die Goldmacherkunst studiert! Ich weiß ein prächtiges Rezept. Man nehme Keckheit, Devotion, Impertinenz, Pfiffigkeit, Egoismus, fünf lange Finger, zwei große Säck' und ein kleines Gewissen, wickle das alles in eine Livree, so gibt das in zehn Jahren einen ganzen Haufen Dukaten. Probatum est!

Wer mitten in Millionen drinnen steht, der sieht vor sich und hinter sich nur Millionen und braucht weiter keine Vorsicht und keine Rücksicht.

Die feinsten Fasan- und Austernesser gehn dann und wann wohin auf Knödl und a G'selcht's.

Man redet gegen die Lotterie, ohne zu bedenken, dass sie die einzige Spekulation der Armen ist. Die Lotterie verbieten: dem das Reich der Träume verwehren, dem die Wirklichkeit ohnedies nichts geboten.

FEDERKLECKS. [...] Ich red' immer im Interesse meines Herrn, denn 's Reden kost't nix.

GRAUFALTER. Aber handeln –?

FEDERKLECKS. Handeln tu' ich im Interesse dessen, der mich besser bezahlt als mein Herr.

Ich bin einer von die, die man arme Teufeln heißt. Warum man die Armen unter die Teufeln klassifiziert, das weiß ich nicht, offenbar muss es unter die Reichen gar so viele Engeln geben, das weiß ich wohl auch nicht, aber es muss doch so sein. Man nennt uns auch häufig arme Narren; warum der Arme nun ein Narr is, das weiß ich auch nicht, offenbar muss es unter die Reichen lauter G'scheite geben, gar kein Zweifel, sonst hätt' ja die Benennung keinen Sinn. Nach den neuesten Ansichten nennt man uns Proletarier und verbindet damit die zarten Nebenbegriffe, von Kommunist, Aufrührer, staatsgefährlicher Mensch. Es is wirklich kurios, wie man die Armut ausstaffiert. Allerdings is der Arme ein geborner Revolutionär, aber so Staatsgefährliches is nix an ihn. Ich bin auch einer und mir könnt's nie einfallen, gegen die irdische Regierungen anzustürmen, die sind oft selber arm.

Wenn man die Nachsicht des gereizten Armen braucht, soll man ihn am wenigsten erinnern an die angeborene Feindschaft zwischen Arm und Reich.

Johann Nestroy als Jupiter in »Orpheus in der Unterwelt« von Jaques Offenbach

Fotografie von Hermann Klee

Weh' dem, der heutzutag' zum Mittelstand gehört, denn das is der eigentlich Gebrandschatzte. Der Arme, der nix hat, der behält das Seinige, und der ganz Reiche, der tut sich nicht weh'.

Sie sagen: Wer nicht arbeit't, der soll auch nicht essen, und wissen gar nicht, wen Sie allen mit diesem Ausspruch zum Hungertod verurteilen.

Herrn gibt's nur, solang's Bediente gibt; ohne Bediente sinkt jeder Herr zum Stiefelputzer seiner selbst herab.

Es is eigentlich eine Ungerechtigkeit, dass nur der Herr dem Diener ein Zeugnis ausstellt: nach der Gleichberechtigung sollte auch vice versa der Diener dem Herrn eines ausstellen, und da wär' so mancher in Verlegenheit, wenn er die Zeugniss', die ihm seine Dienerschaft ausgestellt, produzieren müsst'.

Reich oder arm, das Schicksal find't bei jedem das Fleckel heraus, wo er kitzlig ist.

D'Arbeit ist kein Has', die lauft nicht davon.

Dienstboten sind einmal die Pressfreiheit der häuslichen Konstitution.

Gute Nacht? Wo kriegt man s', die guten Nächt'? Ich lass' mir gleich eine holen um tausend Gulden. Auf die guten Täg' haben die Reichen, aber auf die guten Nächt' nur die Glücklichen ein Monopol.

Der glaubt, die großen Räusch' kriegt man nur in der großen Welt, da irrt er sich, in diesem Punkt haben auch die geringsten Stände Großes aufzuweisen.

Wenn Müßiggang aller Laster Anfang ist, so seh' ich nicht ein, warum gerade die arbeitende Klasse schlecht sein soll.

LUDWIG. Ich liebe ein braves, aber armes Mädchen.
KAMPL. Aha! Morbus cordialis proletaria –, hm, wird bei jungen Herrn, wie Sie, selten eine Todeskrankheit.

Seine Mama is eine, die glaubt, sie hat nur deßtwegen von der Natur Achseln 'kriegt, damit sie was hat, über was sie 's ordinäre Volk anschau'n kann.

Der Diener ist Sklav' des Herrn, der Herr Sklav' des Geschäfts. Erhaben ist die zweite Sklaverei, aber so biglem mit Genuss begabt als wie die erste. – Wenn ich nur einen viven Punkt wüsst' in meinem Leben, wenn ich nur von ein paar Täg' sagen könnt': da bin ich ein verfluchter Kerl g'wesen – aber nein! Ich war nie ein verfluchter Kerl. Wie schön wär' das, wenn ich einmal als alter Handelsherr mit die andern alten Handelsherren beim jungen Wein sitz', wenn so im traulichen Gespräch das Eis aufg'hackt wird vor dem Magazin der Erinnerung, wenn die G'wölb'tür der Vorzeit wieder aufg'sperrt und die Budel der Phantasie voll ang'raamt wird mit Waren von ehmals, wenn ich dann beim lebhaften Ausverkauf alter G'schichten sagen könnt': »Oh! Ich war auch einmal ein verfluchter Kerl, ein Teuxelsmensch, ein Schwerack!« – Ich muss – ich muss um jeden Preis dieses Verfluchtekerlbewusstsein mir erringen.

Ich hätt' zum Reichtum viel Anlag' g'habt; wenn sich so ein Millionär meiner ang'nommen hätt', hätt' mich ausg'bild't und hätt' mir mit der Zeit 's G'schäft übergeben – aus mir hätt' was werden können.

Das Gefühl, es steht ein reicher Mann vor dir, das ist der Resonanzboden, über welchen man die Saiten der Höflichkeit aufzieht. Kriegt dieser Resonanzboden durch einen tüchtigen Schlag einen Sprung, dann klingen die Saiten nicht mehr wie früher, sondern geben einen dumpfen, groben Ton.

Über die Armut braucht man sich nicht zu schämen, es gibt weit mehr Leut', die sich über ihren Reichtum schämen sollten.

Durch Arbeitsamkeit würde sich unser Wohlstand vermehren, aus dem Wohlstand entstünde Reichtum, aus dem Reichtum entstünden höh're Wünsche, aus den Wünschen Unzufriedenheit – nein, du verlockst mich nicht, ich bleib' bei meinem stillbescheidenen tatenlosen Wirkungskreis; ich arbeit' nix!

Wo steht denn das geschrieben, dass der Mitarbeiter der Alleinarbeiter sein soll?

## IX

# Brot is keine Kleinigkeit

Ich hab' aber in der Zeitung g'lesen, dass sich a Menge Ruheliebhaber mit dem besten Erfolg nach *Baden* g'flüchtet hab'n; ich mach's aber noch g'scheiter, ich flücht' mich nach *Baden-Baden* – da muss eine unendliche Ruhe herrschen.

Für ein' schlechten Magen, für a schlechte Leber helfen s', aber für a schlecht's Herz sind diese oberflächlichen Bäder nichts, da wär' nur der Meeresgrund.

Wenn das Volk nur fressen kann! Wie s' den Speisenduft wittern, da erwacht die Esslust, und wie die erwacht, legen sich alle ihre Leidenschaften schlafen; sie haben keinen Zorn, keine Rührung, keine Wut, keinen Gram, keine Lieb', keinen Hass, nicht einmal eine Seel' haben s'. Nix haben s' als ein' Appetit.

PLUTZERKERN. […] Sucht der Herr hier ein Brot?
TITUS. Ich such' Geld, 's Brot wüsst ich mir nachher schon z'finden.

Wenn ein Kellner oder eine Kellnerin »Gleich!« sagt, so is das ein Aufruf an die menschliche Geduld, dem jeder Gast Folge leisten muss.

In meinem Appetit spricht sich das Zufussgegangenseintum zu unverkennbar aus!

Brot is keine Kleinigkeit; der edlere Mensch versteht darunter auch Kälbernes, Gans'ln, Millirahmstrudl – das alles nennt der Gebildete »Brot«, und selbst das Trinken gehört zum Brot, weil es ei'm sonst im Magen druckt.

Die Kranken geben bei weitem nicht so viel Geld aus, um g'sund, als die G'sunden, um krank zu werden.

Ich habe nur einen Grundsatz, und das ist der, gar keinen Grundsatz zu haben. Grundsätze sind enge Kleidungsstücke, die einen bei jeder freien Bewegung genieren. Was mich freut, das tu' ich, was mich unterhält, das such' ich; was mir gefällt, das lieb' ich; ich bin mein eigener Herr, ich hab' niemandem Rechenschaft zu geben.

Ein großer Dichter nennt, glaub' ich, den Kaffee die Aurora des Magens.

's zaubern in frohe Räume
Die Silleryschäume
Den Menschen, schon wie ma
Auf der Flaschen sieht d'Firma
»Jaqueson« oder »Salzwedl«,
»Cliquot« – alls is edel,
Die Poesie fremder Reben
Tut in Schaumperl'n schweben:
Der Wein aller Weine wird jetzt aufgetragen.
So was denkt man sich, wenn man »Champagner«
hört sag'n.
Doch auch Getränk kommt in Handel,
Wo s' mit Zuckerkandl
Ein' Heurigen sekkieren,
Ex officio z' moussieren,
Da tun s' Weinstein, Ziweben,
Gott weiß was noch drein geben,
Ich kann 's gar nicht glauben,
Man sagt was von die Tauben.
's Tag's drauf, o Entzücken,
Hat man Kopfweh, Bauchzwicken,
Schledert, weil der Mag'n ei'm eitel,
Drauf Kamill'ntee drei Seitel.

Und doch wird auch »Champagner« genannt diese
Sort',
Ja, hat denn die Sprach' da kein anderes Wort?

Ich möcht' aus der Haut fahren vor Freud', aber ich bin zu dick, ich komm' nicht heraus.

Nein, Menschheit, du sollst mich nicht verlieren. Appetit ist das zarte Band, welches mich mit dir verkettet, welches mich alle Tag' drei- bis viermal mahnt, dass ich mich der Gesellschaft nicht entreißen darf.

Im Haus schmeckt einem der beste Trunk nicht. Im Wirtshaus muss man sein, das ist der Genuss, da ist das schlechteste G'säuf ein haut goût.

LEICHT. Drum ein Getränk nach mein' Wunsch
Is nur ein z' Haus gemachter Punsch.
CHOR. Drum ein Getränk nach mein' Wunsch
Is nur ein z' Haus gemachter Punsch.

Das Maßnehmen is eine alte Gewohnheit, die die Schneider doch nicht hindert, jedes neue G'wand zu verpfuschen.

Unter allen 365 Anzügen in der Garderobe des Jahres hat der heutige Morgen den scheußlichsten angelegt.

Wenn Sie die geringste Ausstellung haben, nur sagen, jedes Zimmer, was Ihnen nicht recht is, werf' ich bei der Tür hinaus.

Schon Seneca sagt: zwischen Eingeladenwerden und Eingeladenwerden is ein Unterschied, als wie zwischen Kuss und Ohrfeig'n; die Art und Weise, wie man eingeladen wird, is wirklich ein Zauberspruch, denn es werden dadurch oft Knödl in Ananas, oft aber auch Fasan in Kuttlfleck verwandelt.

Das Fischen ist aber wohl etwas Herrliches, wenn man so mit zwei Schiffern eine Stunde weit ins offne Meer hinaussegelt, und dann mit der Angel unglaublichen Fang macht. Ich denke dabei oft an den Fischer-Dilettantismus, der an den Prater-Ufern getrieben wird, wo es nur wenig Glückliche des Tages auf zwei Schneiderfische bringen; der Abstand ist wirklich fabelhaft.

Was mich betrifft, so esse ich, trinke ich, schlafe ich, bade ich, fische ich – sonst ist über mich gar nichts zu sagen.

Übers Schnupfen was zu sagen,
Das soll ja nur keiner wagen,
Denn die hunderttausend Schnupfer
Machen alle gleich ein' Hupfer;
Krieg'n vor lauter Zorn die Strauchen,
Wollt ein solcher Mensch auftauchen,
Der die Nasen will bezwingen
Und das Schnupfen ganz abbringen.
Geh'n wir auch durch alle Länder,
Hab'n sie, was da will für G'wänder,
Bei Chinesen und Franzosen,
Überall haben s' Tabakdosen,
Bei die Russen, bei die Schweinzer,
Bei die Türken, bei die Mainzer
Tun s' den Schnupftabak nicht hassen,
Jeder stopft sein' Pris in d'Nasen.
's ist auch göttlich, wenn am Morgen,
Wo sich neu erheb'n die Sorgen,
Nach der Sonne erstem Glanzen,
Wenn wir uns im Bett noch ranzen,
Voll Begierd' und voll Verlangen,
Wir schnell nach der Dosen g'langen.
Und ein echter wahrer Schnupfer
Macht am Deckel z'erst sein Tupfer

Und man sieht ihn voll Vergnügen
Ein halb Lot in d'Nasen schieben.
Und z' Mittag beim Speiseng'rüch'l
Wer kennt nicht das alte Sprüchl?
»Wenn sich Mund und Magen laben,
Muss die Nasen auch was haben.«
Freilich g'schiehts oft nach dem Schnopfen,
Dass ein ganz ein kleiner Tropfen
Von der Nasen ungeniert
Auf das Teller sich verirrt.
Der wird aber g'schwind vergessen,
Ohne Anstand weiter gegessen!
Sachen, die vom Rauchfang kommen,
Werden als Assiette genommen.
Auf die Jausen und am Abend,
Immer wirkt der Tabak labend.
Bei der Nacht selbst, wird man munter,
Schickt die Nasen Post herunter
Und die beiden ersten Finger
Sind die schnellen Überbringer,
Denn wie auf der Eisenbahn
Kommt 's Futter für die Nasen an.
Auch die Liebe hat so Zeiten
Wo vergänglich sind die Freuden,
Wo sich Langweil will einstehlen
Und dem Herzen Worte fehlen.
Sitzt man dann so still im Dunkeln,
Tut mit der Geliebten munkeln,

Zärtlich wie ein Tauber girren
Und ihr Tabak präsentieren,
Wenn sie sich dann so umschlingen,
D'Nasen aneinander bringen –
Er braucht sich gar nicht zu nennen,
Sie kann ihn ja nicht verkennen,
Denn der G'ruch aus dieser Nasen
Kann kein' Irrtum mehr zulassen.
So gibt's hunderttausend Sachen,
Die den Menschen Freude machen,
Wenn wir so mit Wohlbehagen
Eine Pris ins Löschhorn tragen.
Darum Vivat allen Schnopfern,
Allen fleiß'gen Dosenklopfern!
Sie sind glücklich hier auf Erden;
Ihnen kann nicht zeitlang werden,
Denn das Schnupfen, Schneuzen, Niersten,
Freut den Bauern wie den Fürsten.
Woll'n wir uns mit Tabak laben,
Muss es seine Zeit auch haben.
So vergeht sehr schnell ein Jahrl,
Schnupft nun auch manch Pfund ein Paarl;
Würd' es uns nicht gut behagen,
Möcht sich d'Nasen schon beklagen.
Drum, weil meine liebe Nasen
Kein Lamento noch hat blasen,
Wird, solang ich sie noch hab',
Mei' Nasen für 'n Tabak ein Grab.

X

## Der gesellschaftliche Zirkel

Sie werden doch Verträge nicht als etwas hinstellen wollen, was man hält? Lesen Sie künftighin fleißiger Zeitung.

Es kommt weniger darauf an, *was* man leistet, als vielmehr darauf, *wo* man es leistet.

Große Neuigkeiten muss man haarklein erzählen.

Täuschung ist die feine, aber sehr starke Kette, die durch alle Glieder der Gesellschaft sich zieht; betrügen oder betrogen werden, das ist die Wahl, und wer glaubt, es gibt ein Drittes, betrügt sich selbst.

Viele Vertraute [...] sind gerade soviel wert als ein Verräter.

Vorgestern spielen zwei im Kaffeehaus miteinander Billard, d'Partie um a Sechserl, einer verliert etliche

Partien, sagt er: »Ah, das kommt mir z' hoch, wir spielen 's jetzt bloß um die Ehr'«, ein Zeichen, dass die Ehr' nicht ganz auf zwei Groschen taxiert.

In der Stadt kann's nicht schwer sein, eine Ehr' aufz'heben, weil so viel herumgeworfen wird mit der Ehr'.

's Fatalste bei die früheren Verhältnisse is, dass sie oft später aufkommen tun.

Anonymität ist die Briefmarke der Lüge.

Unter hundert Einwohnern gibt es immer *einen* Geizhals, *fünf* Säufer, *einen* Gelehrten, *fünf* Gescheite und *achtundachtzig* Verliebte.

Es sagt so vieles, das gemeine Volk, was mit der Gemeinheit gar nichts gemein hat.

Nein, die Ehre hab' ich Ihnen nicht gegeben, erstens, weil ich die meinige selber brauch', und zweitens, weil Ihnen a fremde Ehr' nichts nutzt, wenn S' nicht a eigne haben.

Gerichte können kein Gerücht zum Schweigen bringen.

Er is grad' so ehrlich, dass man ihn nicht aufhängen kann.

Was ist die Ehre überhaupt? […] Die Lebensluft, in der das Selbstgefühl atmet; dass die Ehre Luft ist, zeigt sich darin schon, dass die meisten die Ehre im Windmachen suchen. Es zeigt sich aber auch darin, dass die Ehre so wie die Luft in den unteren und mittleren Schichten dichter ist als in den ganz hohen, wo sie immer feiner wird, bis sie am Ende ganz verschwindet.

LORENZ *(ohne viel Notiz von ihr zu nehmen)*. Grüß d'Frau! *(Wieder nach vorn tretend, für sich.)* Sie hat die Ehr', einen guten Morgen zu wünschen! – Jetzt hat doch schon alles ein' Ehr'! Was sollen wir Gebildeten sagen, wenn 's ordinäre Volk so daherred't? Für einen Menschen, wie ich bin, ist es etwas

K. K. priv. Theater in der Leopoldstadt.

Unter der Leitung des Eigenthümers, Director Carl. 114

Heute Samstag den 2. Mai 1846.

Neue Posse mit Gesang.

## Zum Vortheile des Hrn. J. Nestroy.

Zum ersten Male:

# Der Unbedeutende.

Posse mit Gesang in 3 Akten, von dem Unterzeichneten.

Musik vom Kapellmeister Adolf Müller.

Die vorkommenden 8 Dekorationen sind neu, ausgeführt von den Dekorateurs dieses Theaters, Herren de Pian, Lehmann, Mayer und Grünfeld.

Personen:

| | |
|---|---|
| Baron von Massengold — | Hr. Pohl. |
| Fräulein Ottilie, dessen Anverwandte | Mad. Fehringer. |
| Hermine, Mündel des Barons | Dlle. Chiavacci. |
| Puffmann, Sekretär — — | Hr. Scholz. |
| von Gröning, ein junger Holländer | Hr. Haag. |
| Herr v. Packendorf,) | Hr. Moritz. |
| Herr v. Lockerfeld, ) Freunde | Hr. Gämmerler. |
| Herr v. Seewald, ) des Barons | Hr. Strampfer. |
| Herr v. Althof, ) | Hr. Brese. |
| Zupper, Kammerdiener — | Hr. Blum. |
| Rumpf, Schloßwächter — — | Hr. Landner. |
| Franz, ) | Hr. Schmitt. |
| Friedrich,) Bediente — — | Hr. Raffel. |
| Heinrich, ) | Hr. Forster. |
| Ein Wirth — — — | Hr. Brinke. |
| Ein Kellner — — — | Hr. Kaiser. |
| Fuß, ) Wächter — — | Hr. Eineder. |
| Storl, ) | Hr. Demmer. |
| Peter Span, Zimmermann — | Joh. Nestroy. |
| Clara, seine Schwester — — | Dlle. Herzog. |
| Thomas Pflöck, Zimmermann, Vater von Claras Bräutigam — | Hr. Grois. |
| Frau Hußbergerin, Wäscherin — | Mad. Schmitt. |
| Hänschen, ihr Söhnchen — | Netti Freisinger. |
| Klopf, Klempner — — | Hr. Schaffer. |
| Frau Klopfin — — — | Mad. Holzapfel. |
| Netti, beider Tochter — — | Dlle. Miller. |
| Kübler, Bindermeister — — | Hr. Stahl. |
| Frau Küblerin — — — | Mad. Scutta. |
| Susi, beider Tochter — — | Dlle. T. Preschl. |
| Schmalzer, Greißler — — | Hr. Benda. |
| Frau Schmalzerin — — | Mad. Schadetzky. |
| Flachs, Weber — — — | Hr. Jungwirth. |
| Frau Flachsin — — — | Mad. Scotti. |
| Spring,) | Hr. Brabbée. |
| Wiegl, ) Schneidergesellen — | Hr. Erhartt. |
| Leicht, ) | Hr. Seribani. |

Mehrere Einwohner von Kobelstadt. Kellner. Musikanten.

Seine ergebenste Einladung hierzu macht

**Johann Nestroy,**

Mitglied dieser Bühne.

Logen und Sperrsitze sind bereits genommen.

Heute ist der freie Eintritt für Jedermann ohne Ausnahme aufgehoben.

Anfang um 7 Uhr.

Theaterzettel der Uraufführung von »Der Unbedeutende«

Schreckliches, unter solcher Bagage zu existieren. Mein ganzes Leben war Ehre, durchaus Ehre. Mein Vater hat die Ehre gehabt, herrschaftlicher Portier zu sein; ich habe die Ehre gehabt, als herrschaftlicher Portierssohn erzogen zu werden; durch Fleiß, Talent und Patronanz hab' ich mich zur Ehrenstelle eines herrschaftlichen Hausknechtsgehilfen emporgeschwungen, da hat eine Ehrensache meine ganze Karriere zerstört. Der herrschaftliche Rosswarter ist mit dem Stallbesen an das herrschaftliche Kuchelmädel ang'streift, welche mich mit ihrer Lieb' beehrt hat, ich geb' ihm eine Ohrfeigen, der Haushofmeister hat die Ehre gehabt, dazuzukommen und mich an die Wand zu werfen, ich versichere ihm auf Ehre, dass er auch eine kriegt, wenn er nicht weiter geht; er macht auf das der Herrschaft eine besoffene Schilderung von mir, und ich hab' auf herrschaftlichen Befehl die Ehre gehabt, mit Schand und Spott davongejagt zu werden. So war mein ganzes Leben Ehre und soll es auch bleiben; selbst in meinem jetzigen Stand halt' ich darauf und trachte so viel als möglich, bei Familien Holz zu hacken, wo es mir zur Ehre gereicht, wenn ich sagen kann: Die und die haben heut' Holz gehabt *(mit Selbstgefühl)* und ich war dabei.

Der gesellschaftliche Zirkel unterscheidet sich vom mathematischen wesentlich dadurch, dass der mathematische einen einzigen Mittelpunkt hat, der akkurat mitten im Zirkel liegt – der gesellschaftliche Zirkel jedoch hat in der Mitte nur den scheinbaren Mittelpunkt, den Kaffeetisch, währenddem der eigentliche Mittelpunkt, um den sich die Peripherie der Unterhaltung dreht, meistens außerhalb des Zirkels liegt, weil gewöhnlich nur die Abwesenden ausgericht't werden.

Die Stellung in der Gesellschaft macht es zur Pflicht, den Geist zu erweitern und das Herz zusammenzuziehen.

Mein Gott, es is halt ein bürgerlicher Kreis, lauter aufrichtige Leut'. Die heißen dich einen Esel ins G'sicht, aber bloß aus Biedersinn und Gutherzigkeit.

## XI

## Das is a politischer Herr

Das is die unerschöpfliche Diplomaten-Sprach', so oft s' a alt's Recht verdrahn, erfinden s' einen neuen Ausdruck dafür.

Ja, das is der Hauptfehler von der Linken und von der Rechten, dass nix vorwärts geht. Das geschieht aber nur, um das christliche Wohltätigkeitsprinzip in doppeltem Umfang zu erfüllen. Die Linke soll nicht wissen, was die Rechte tut; es weiß aber oft auch die Rechte nicht, was die Linke tut, und das wird nämlich durchaus am sichersten erzweckt, wenn beide Teile gar nichts tun.

Ich hab' die Politik bis daher! Hab' auch schon alles Politische abschaffen woll'n, aber da hab' ich g'sehn, dass ich auf einmal als Bürgermeister ohne Bevölkerung dastund, denn wo man nur hinschaut – leider, es is alles noch durch und durch politisch.

Ein Herr bleibt den Zins drei Jahr' schuldi,
Plauscht den Hausherrn an, der leid't's geduldi,

's G'wand zahlt er nie, treibt's gar noch weiter,
Er nimmt sich a Geld z' leihn beim Schneider.
Im Theater mit'n Freibillett
Macht er's so: wenn er links hineingeht,
Geht er glei rechts h'naus, lasst sich 's Geld geb'n,
Dann geht 'r ins Kaffeehaus darneb'n,
Und dort schmiert er an den Markör –
Das is a politischer Herr!

Wenn einen kein Mensch versteht, das ist national.

Die edelste Nation unter allen Nationen is die Resignation.

Werden es denn die Engländer nie dahin bringen, dass man die Mohren unter die Weißen zählt?

Ich bin der Glanzpunkt der Natur, noch hab' ich keine Schlacht verloren, ich bin die Jungfrau unter Feldherrn. Ich möcht' mich einmal mit mir selbst zusammenhetzen, nur um zu sehen, wer der Stärkere is, ich oder ich.

In dieser Vorliebe für die Knödlform charakterisiert sich der gute Staatsbürger; es zeigt sich, dass den Leuten gar nichts zu rund is.

Jetzt muss ja alles übers Knie gebrochen werden, auch wenn man einem den Stab bricht, alles übers Knie. Wie schön war das im Mittelalter! Da hab'n s' dem Delinquenten fünfzehn bis zwanzig Jahr' warten lassen auf die erste Kommission; derweil hat er ganz vergessen, was er ang'stellt hat, dafür war aber dann die Folterbank, da is ihm nacher alles drauf eing'fallen, was der Beamte für zweckmäßig befunden hat.

Die Polizei kann nicht das wahre Mittel sein gegen 's Stehlen, sonst gäbet's ja schon lang ka Spur mehr von ein' Dieb.

Die Freiheit hat noch keinen einzigen Nachtwächter, wohl aber schon a paar tausend Spitzeln brotlos g'macht.

Ein Zensor ist ein Mensch gewordener Bleistifter oder ein bleistiftgewordener Mensch, ein fleischgewordener Strich über die Erzeugnisse des Geistes, ein Krokodil, das an den Ufern des Ideenstromes lagert und den darin schwimmenden Literaten die Köpf' abbeißt.

Die Zensur ist die jüngere von zwei schändlichen Schwestern, die ältere heißt Inquisition. Die Zensur is das lebendige Geständnis der Großen, dass sie nur verdummte Sklaven *treten*, aber keine freien Völker *regieren* können. Die Zensur ist etwas, was tief unter dem Henker steht, denn derselbe Aufklärungsstrahl, der vor sechzig Jahren dem Henker zur Ehrlichkeit verholfen, hat der Zensur in neuester Zeit das Brandmal der Verachtung aufgedrückt.

Freiheit is ja was Schreckliches. Seine Herrlichkeit sagt immer: Der Regent is der Vater, der Untertan is a kleins Kind, und die Freiheit is a scharfs Messer.

Völker beglücken! Zu was denn so Sachen für ein' Burgersmann, der seine Zeit weiter braucht?! Was hat der Mensch nicht alles zu tun, bis er sein Weib glücklich macht und seine Kinder?!

In gar vielem kann und soll sich der Mensch behelfen, sich mit dem Minderen begnügen, wenn er 's Bessere nicht haben kann. Wer's auf kein' Paperl bringt, der spendiert sich zwei Laubfrösch' vors Fenster, – wer kein'n Kammerdiener hat, kauft sich ein'n Stiefelknecht um sechs Groschen, – wer nicht als nobler Kridatar auf seine neugekaufte Villa in d'Schweiz fahren kann, der geht dem Schuster mit a paar Juchtene durch, – wer eine Neapelreis' z' kostspielig find't, um den feuerspeienden Vesuv zu sehen, der schaut sich um a zornige Kräutlerin um, – kurz, für alles hat der Geringere ein Surrogat und kann das Echte dem Höhern überlassen; – aber was den Punkt der Familienehre betrifft, da steht der Unbedeutende dem Größten gleich und hat ebenso gut das Recht, das Makelloseste zu begehren.

Die große Welt ist intolerant, sie verlangt uniforme Sitten und duldet keinen Charakter, Selbständigkeit ist ihr ein Greuel der Anmaßung; so will man auch uniforme, entreefähige Gesichter, gleiche Bartform, ein Gesicht soll sich ja nicht unterfangen, einen Charakter zu zeichnen.

Das Volk is ein Ries' in der Wiegen, der erwacht, aufsteht, herumtargelt, alles zusamm'tritt und am

End wo hineinfallt, wo er noch viel schlechter liegt als in der Wiegen.

Wie der Jonas ins Meer hinein'plumpt is, was
geschieht?
Kommt ein Walfisch und schlickt ihn vor lauter
Appetit;
Doch er muss ihm nicht g'schmeckt hab'n, 's war ein
heikliges Viech,
Nach drei Tag'n gibt er 'n ganzen Propheten von sich.
Das hab'n d' Leut' unerhört
Für ein Wunder erklärt.
Wir hab'n Politiker jetzt voll prophetische Gab'n,
Die bei all'n, was g'schieht, sag'n, dass sie's voraus
gewusst hab'n;
Ohne dass sie wer schlickt, lieg'n s' allen Leuten im
Magen,
Was kein Walfisch verdaut, müssen oft Menschen
ertragen.
Und man nennt das keine Wunder jetzt mehr
heutzutag',
Man find't 's ganz natürlich und kein Hahn kräht
danach!

Recht und Freiheit sind ein paar bedeutungsvolle Worte, aber nur in der einfachen Zahl unendlich groß, drum hat man sie uns auch immer nur in der wertlosen vielfachen Zahl gegeben.

Wir haben sogar Gedankenfreiheit g'habt, insofern wir die Gedanken bei uns behalten haben. Es war nämlich für die Gedanken eine Art Hundsverordnung. Man hat s' haben dürfen, aber am Schnürl führen! – Wie man s' loslassen hat, haben s' einem s' erschlagen. Mit einem Wort, wir haben eine Menge Freiheiten gehabt, aber von Freiheit keine Spur.

Sonderbar, dass wir vom Amt so wenig Sympathie haben unter 'n Volk.

Nach Revolutionen kann's kein ganz richtiges Strafausmaß geben. Dem Gesetz zufolge verdienen so viele Hunderttausende den Tod – natürlich, das geht nicht; also wird halt einer auf lebenslänglich erschossen, der andere auf fünfzehn Jahr' eing'sperrt, der auf sechs Wochen, noch ein anderer kriegt a Medaille – und im Grund haben s' alle das nämliche getan.

Ein seidener Schnopftücheldieb kommt auf drei Monat' ins Zuchthaus, nachher scheint er frei zu sein, bleibt aber zeitlebens an den Schandpfahl der Verachtung geschmiedet. Dem politischen Verbrecher gibt man für einen kurzen Freiheitsrausch zehn, fünfzehn Festungsjahre, aber an der Ehre verliert er deswegen keine Viertelstund'; die Achtung, die man jedem zollt, der seine Meinung vertritt, der sein Leben an sein Glaubensbekenntnis setzt, die muss ihm ewig bleiben, und das ist für den schwersten Kerker eine unendliche Erleichterung.

Wer kann bei der jetzigen Krisis in Europa sagen: »Ich war nicht dabei« –? Die Revolution war in der Luft, jeder hat sie eingeatmet und folglich, was er ausg'haucht hat, war wieder Revolution. Da muss sich keiner schön machen woll'n. Aufgefallen ist ein oder der andere mehr, da heißt's halt dann, wie Schiller sagt: »Den nehm' ich heraus aus eurer Mitte, doch teilhaft seid ihr alle seiner Schuld.« Drum schenken wir denen, die's getroffen, die mitleidsvollste Teilnahme und danken wir Gott, dass sie *uns* grad zufällig nicht herausgenommen haben!

Nationalehre ist die Koketterie der Völker, vermöge welcher jedes Volk glaubt, das Hauptvolk zu sein, während die andern nur Nebenvölker sind, so wie der einzelne Mensch nur darum jeden seinen Nebenmenschen nennt, weil er sich für den Hauptmenschen halt't.

Ich kenn' ein'n politischen Herrn,
Der sagt mir: »'s wird prächtig jetzt wer'n,
Fest wird sich der Wohlstand begründen,
In Europa kein Bettelmann z' finden,
Jeder Bauer, weil er Jagdbarkeit hat,
Wird fahr'n mit sein'n Jäger in d'Stadt.
Führt er Kalbln au'm Markt zum Verkauf,
Steht der Jäger au'm Kalblwagen auf.
In Glacé nehmen s' d'Lehrbub'n bei d'Ohr'n,
Und jed's Milliweib halt't sich ein'n Mohr'n.«
  Ja, das wär' freilich schön,
  Aber i glaub', 's wird nicht gehn.

Der Mensch lebt nicht bloß vom Zeitunglesen, sondern auch hauptsächlich vom Essen. Dazu braucht man aber Appetit; hat man aber eine Stunde der Zeitungslektüre gewidmet, so braucht man wenigstens zwei Stunden Spaziergang, um den Appetit wieder zu bekommen, den man als legitimistischer Patriot über das Zeitunggelesene verloren haben muss. Kann man Appetit zum Rindfleisch haben, wenn man bedenkt, dass die Ochsen von Polen und Ungarn kommen, und dass folglich auch ihnen etwas von jeder dort grassierenden Seuche – von den politischen Ärzten »Nationalitätschwindel« genannt – anklebt? Kann man das Schweinerne goutieren, wenn man bedenkt, dass die Schweinezucht speziell aus Ungarn stammt? – Quillt einem beim Lämmernen nicht der Bissen im Mund, wenn man an die Lammsgeduld denkt, mit der man in Pesth ungestraft die K[aiserlichen] Adler herunterreißen ließ und dies Attentat nur in Kroatien unstatthaft fand? Wenn man in Kroatien die Adler selbstverständlich nicht maltraitieren darf, warum durfte man's in Ungarn? Sind es denn nicht die nämlichen Adler? Darüber muss ich einen Jäger fragen. Mit den Mehlspeisen hat man das nämliche Gefrett. Können einem die böhmischen Dalken schmecken, wenn man bedenkt, dass die ungenießbaren Rieger und Palacky auch dazugehören? Bringt man einen »Tirolerstrudel« hinunter, wenn man an den Innsbrucker Landtag denkt, und an all das Ekelhafte, womit ein paar intolerante Oroviste und gesinnungsverwandte Staatshämorrhoidarien das liberale konfessionelle Gleichberechtigung verkündende Gesetz des Kaisers zu besudeln wagen?

Vielleicht lassen sie jenseits der Leitha ihren Zorn an den Juden aus; die Emanzipierung, welche sie ihnen gewährten, ist zu zweideutig gehalten, als dass sie dabei hinderlich sein sollte; denn nur die Intelligenz der

Juden wurde emanzipiert. Die Intelligenz steckt aber im Kopf – über den Toches ist noch alles gräulich in der Schwebe. – Am spaßigsten sind mir die Kroaten. Kroaten! wie heißt Kroaten? sprach man vor 15 Jahren davon? Es war doch ehmals ganz anders; hätten wir in unserer Jugend das »Kafte Leinwand!« nicht gehört, wir hätten trotz Schulbüchern kaum gewusst, dass es ein Kroatien gibt auf der Welt; und jetzt geriert sich das als Nationalität, tut historisch, spielt Volk, macht Opposition, spricht Nationalsprache, wobei natürlich keine Nation mitsprechen kann, denn bis jetzt hat doch noch niemand auf der Welt sich beikommen lassen, kroatisch zu lernen.

Übrigens, wo auch die Regierungen etwas im Österreichischen Interesse tuen möchten, ist wieder Volk und Armee, namentlich die letztere, entgegen. In Berlin sagen die Soldaten: »Wir können den Österreichern nicht helfen in Italien, denn wenn wir fielen bei die [!] Hitze, so würden wir ihnen die Luft verpesten, da man uns als Ketzer im Konkordatschen nicht begraben darf.« Wenn man einen Ausländer aufklären will, dass Konkordat und Inquisition noch ein himmelweiter Unterschied ist, so glaubt er es nicht. Der Hass gegen das Konkordat ist so groß und so eingewurzelt im Auslande, als ob schon tausend Norddeutsche bei Autodafés gebraten worden wären.

XII

## Die Welt is die wahre Schule

Was die Leute denken werden? Gewiss nicht viel, schon deswegen, weil die denkenden Leute die wenigsten sind.

Schon das, dass die Meeresbewohner nicht reden, bringt auf die Vermutung, dass sie sich mehr aufs Denken verlegen als der geschwätzige Kontinent, und der handgreiflichste Beweis is der, im Meer hat der Stockfisch ein'n Kopf, das is doch auf dem trockenen Land nie der Fall.

Ein seichter Mensch find't bald was tief.

Um andre für ein'n Narr'n zu halten, braucht man nix als Leut', die ein'n an Dummheit übertreffen; um aber mit Vorsatz sich selbst für ein'n Narr'n zu halten, muss man sich selbst an G'scheidheit übertreffen.

Das Schöne kann auch dumm sein, wir haben an vielen Schönen den Beweis.

Der Geist ist der große Unbekannte in seinem Kopfe.

Er war ein Privatgelehrter, das sind die rätselhaften Wissenschaftswesen, von denen man nicht weiß, kriegen s' deswegen keine Anstellung, weil sie zu wenig oder weil sie zu viel wissen.

In der Sprachlehr' blamier'n s' mit d' vielen
Hauptwörter sich,
Der Mensch kennt *ein* Hauptwort nur, und
das heißt: *Ich* –
*Ja* und *nein* sind als Neb'nwörter nur angegeb'n,
Und für'n Ehr'nmann sind's Bindewörter fürs
ganze Leb'n, –
Mit Empfindungswörter erst, da will's durchaus
nicht fort,
Für viele Empfindungen hab'n s' gar kein Wort. –
Selbst im ABC find't ka Anleitung statt,
Wie m'r am g'scheitesten B sagt, wenn m'r A
gesagt hat –
Und die Hauptlehre in jeder Sprach' wär' es wohl,
Genau anzugeb'n, wenn man 's Maul halten soll.
Drum was drüber erscheint auch in Druck,
In der Sprachlehr' da sind wir zuruck.

Johann Nestroy als Willibald in
»Die schlimmen Buben in der Schule«

Fotografie von Herrmann Klee

D'Geographen beschreib'n uns jed's Meer, jedes
Land,
Jeden Weltteil, der ihnen nur kommt unter d'Hand,
Doch sollten s' manch Land detaillierter beschreib'n,
Um den Leuten den Auswandrungs-Gusto z'
vertreib'n,
Sie schreib'n nur, der Fluss fließt grad, der
überzwerg,
Und wo s' nicht hinaufkönnen, stehen s' am Berg;
Übers Innre von Afrika geb'n s' gar nix kund,
Und warum? Weil s' nicht h'neinkommen, is das
a Grund?
Belletristen war'n viel schon nicht drin in ein' Stück,
Das geniert s' nicht, sie schreib'n desweg'n doch
a Kritik.
Drum was drüber erscheint auch in Druck,
In der Geographie sind wir zuruck.

Mit der Rechenkunst tut man so manches
h'rauskrieg'n,
Doch gibt's viel, was außer aller Berechnung tut lieg'n.
*Der* rechnet auf Liebe und was kommt heraus?
A Frag' nach sein' Geld und ein Wurf aus'n Haus.
*Der* rechnet auf Ruhm, auf enormen Applaus,
Spielt sein' Roll' aus Leib'skräft'n, und sie pfeifen
ihn aus.
Mancher G'schwuf is rein gar nix, und seine Insolenz
Wär' unmöglich zu erheb'n auf a höh're Potenz. –

Was d'Erhaltung einer Frau kost't, is ausg'rechnet
bald,
Doch wie rechnet man das aus, wie lang man s'
erhalt't?
Drum was drüber erscheint auch in Druck,
Im Rechnen, da sind wir noch zuruck.

Auch in der Botanik muss man drüber klag'n,
Dass noch unaufgelöst sind die wichtigsten Frag'n.
Warum wird das »Gehst aussi!« nur g'sagt beim Salat?
Warum sind d'Kamel' bucklig, d'Kamelien grad'?
Warum 's Lebenskräut'l der Hirsch nur erschaut,
Während mancher als Hirsch stirbt, frisst er noch so
viel Kraut?
Auch gibt's ein g'wiss's Blatt, was noch keiner recht
kennt,
Das is nämlich das Blatt, was so plötzlich sich
wend't;
Auch sag'n s' z'wenig über'n Kren, den so viele sich
geb'n,
So wie über den Radi, der oft blüht darneb'n.
Drum was drüber erscheint auch in Druck,
Wir sind in der Botanik zuruck.

Unter Schreibkunst tun s' Schönschreibekunst nur
verstehn,
Und vergessen den Grundsatz dabei: »G'scheit is
schön.«

Drum schreib'n als wie g'stochen so schön viele Leut',
Und im Grund schreib'n s' doch nicht schön, denn
sie schreib'n nicht
g'scheit.
Auch poetisch zu schreib'n versucht jetzt alt und
jung,
Und trotz Stahlfedern kriegt das Geschriebne kein'
Schwung.
Da werd'n s' schiech, werfen 's Tintenfass weg, Knall
und Fall,
Und tauchen von nun an die Feder in Gall';
Werd'n satirisch und bös, doch 's misslingt jeder
Trumpf,
Keine Feder schreibt spitzig, wenn der Schreiber is
stumpf.
Drum was drüber erscheint auch in Druck
In der Schreibekunst sind wir noch zuruck.

In einem gebildeten Lächeln muss mehr Nichtssagendes liegen, dann muss man es permanent behaupten. So ein Lächeln muss eine spanische Wand sein, hinter welcher man alle seine Gefühle und Empfindungen vor die Leut' versteckt.

Er hat sehr viel, aber nichts gründlich gelernt, darin besteht die Genialität.

Es war einmal ein Pintsch, der zehn Jahr' an der Kette hing, und nicht verlassen hat das treue Tier das Haus. Vor kurzem riss der Pintsch sich los und rannte in die Welt, doch alsogleich fängt ihn ein Wäscher, der ihn bei Nacht zum Wachen zwingt und ihn bei Tage einspannt in seinen Wäsche-Schubkarren. »Ach wär' ich doch in meiner alten Hütte!« – so winselte der Pintsch.

Der Gelehrte kennt nur Berge von Folianten, um andere Berge kümmert sich der höhere Montanistiker nicht.

Wenn der Mensch dasteht, mit siebzehn Schulen in Leib, unzählige Wissenschaften in'n klein'n Finger, fünf lebendige Sprachen in'n Mund, und ein todschlachtigen Soliditätsgeist in'n Kopf, da kann er mit einiger Zuversicht erwarten, dass ihm das Schicksal ein sauberes Stückel Existenz auf'n Teller entgegentragt, das is keine Kunst – wenn man aber nix gelernt hat und nirgends gutgetan hat, wenn man dabei eine spezielle Abneigung gegen die Arbeit, und einen Universal-Hang zur Gaudee in sich trägt, und dennoch nicht die Idee aufgibt, ein vermöglicher Kerl zu wer'n, darin liegt etwas Grandioses.

Viel wissen macht Kopfweh, und ich hab' zwar in meinem Leben nicht Kopfweh g'habt, 's muss aber ein sehr unangenehmer Zustand sein.

Mich haben s' bilden wollen! – Lächerlich! Natürlich, als Bub', als so großer, hätt' ich so einen Eingriff in meine Rechte auf Naturzustand gar nicht geduldet. Es ist ihnen nicht gelungen, meinen Bilderern, ich hab' die Wissenschaften zurückgewiesen, und diese verschmähten Geistestöchter stehn blamiert da vor mir, denn ich bin ein Beweis, wieviel der Mensch oft weiß, ohne dass er von Wissenschaften was weiß. Ich weiß zum Beispiel, dass Verdienste eine Sache sind, durch die sich der Mensch viele Verdienste erwirbt; ich weiß aber auch, dass das Verdienst nicht immer belohnt wird; jetzt könnt' ich grad' der sein, bei dem's nicht belohnt wurd', wie kann man sich so einer Kränkung aussetzen? Ich weiß, dass man sich auf Verdienste nicht einlassen soll. Ich weiß, dass das Geld von den Weisen eine vergängliche Sache schimpfiert wird; ich weiß aber auch, dass es sehr dumm is, wenn so ein vergängliches Wesen wie der Mensch irgendeinem Gegenstand die Vergänglichkeit zum Vorwurf macht. Und haben denn die Gelehrtesten schon was Unvergängliches gemacht? Wenn ihre schweinsledernen Geistesmumien, Bücher genannt, a paar Säkulum dem Bibliothekstaub getrotzt haben, dann geht der Geist auch den Weg des Fleisches, eine elende Schabenfamilie frisst in a paar Monat' einen Folianten voll Unsterblichkeit, ohne besondere Magenbeschwerden zu verspür'n. – Ich weiß, dass der Mensch was werden soll in der Welt; ich weiß aber auch, dass das eine Sottis' auf die Menschenwürde is, denn es spricht deutlich aus, dass der Mensch viel zu wenig is, wenn er nix is als ein Mensch. – Ich weiß, dass Erziehung eine höchst wichtige Sache is. Adam und Eva hätten wahrscheinlich den Verdruss mit die jungen Herrn Kain und Abel nicht erlebt, wenn s' den Buben einen Hofmeister g'halten hätten, aber natürlich, von Eltern, die, wie bekannt, nicht einmal was anz'legen hab'n g'habt, kann man solche Depensen nicht begehr'n; ich weiß aber auch, dass bei viele junge Leut', wo die Eltern alles angewend't haben auf die Ausbildung des Kopfes, dennoch am ganzen Kopf nichts eine hohe Entwicklung erreicht hat, als die Ohren. – Ich weiß, dass die Hoffnung grün is, weil sie dem Menschen grüne Zweige vorspiegeln muss, auf die er nie kommt. – Ich weiß, dass die Nacht schwarz is, weil s' in der Trauer geht um ihren Papa, um den gestrigen Tag, den sie eben begraben. Ich weiß, dass der Esel grau is, weil er das personifizierte Motto vorstellt: »Alter schützt vor Torheit nicht!« Mit einem Wort: es is a Schand und a Spott, was ich alles weiß, und das ohne Studium! 's wär' wirklich a Sünd', wenn ich was g'lernt hätt', das heißet doch rein darauf ausgehn, den Nebenmenschen zu verdunkeln. Meine Mama is freilich nicht ganz einverstanden.

Viel lernen und nacher viel wissen, das ist keine Kunst; ich habe nichts gelernt und weiß doch eine Menge, da kann man von Kunst reden.

Das Vergnügen an Schönheit gewinnt durch Unwissenheit der Anatomie derselben.

Gelehrte Köpfe ruhen meistens auf schlechten Unterleibern.

Du bist reich und dumm, da gibt's eigentlich nix Unverzeihliches.

Ob die Idee, so eine Idee zu fassen, eine glückliche Idee war, davon hab' ich jetzt auch noch gar keine Idee von einer Idee.

Der G'scheite hat nichts vor dem Dummen voraus als das, dass er g'scheit denkt. Im Handeln is kein Unterschied. Das kann einer so dumm als der andere. Nacher kommt wieder der Unterschied, da sieht der G'scheite ein, wie dumm als er war, und das is auch dumm, weil's meistens nix mehr nützt. Der Dumme aber glaubt dabei, dass er g'scheit war, und kommt nicht auf den traurigen Punkt, wo das eigene G'sicht das Ziel der Watsche wird (Ohrfeigenpraktikum).

Der G'scheite macht oft seinen Vorgesetzten darauf aufmerksam, was er Dummes tut, und das is dumm, der Dumme glaubt nie, dass ein Vorgesetzter dumm sein kann, und das is g'scheit.

Der G'scheite denkt, auf beiden Seiten muss es Menschenleben kosten, weil der Feind so wenig als die Unsrigen mit Grießknödeln schießt, und selbst die Siegesnachricht stimmt ihn wehmütig, und das is dumm. Der Dumme glaubt das, dass 1500 Feinde fallen, während wir nur einen Halbtoten haben, dem macht die Siegesnachricht eine ungetrübte Herzensfreud; und das is g'scheit.

Es ist eine desolate Idee, Genie werden zu wollen, gerade in der Periode, wo das Genie seine Privilegien verloren hat. Jetzt muss sich das Genie so gut genieren als ein anderer Mensch, denn der andere Mensch geniert sich, Arm in Arm zu gehen mit einem Genie, welches einen Rock anhat, der sich selbst überlebte, wo der eine Ellbogen über die Torheit der Welt lacht, während der andere über ihre Alltäglichkeit zu gähnen scheint.

Ich wär' schon ein Knab',
Recht brav, aber ich hab'
Für 's erste kein' Fleiß,
Weil ich so schon all's weiß.
  Allein die Professer,
  Die wiss'n alles besser.
  Ka Antwort is recht,
  Ins Zeugnis schreiben s': »Schlecht!«
Dann merk' ich nicht auf,
Ich spiel' oder ich rauf',
Oder i friss etwas Süß's
Oder i wetz' mit die Füß'!
  Auch schieß' ich so gern
  Mit die Bockshörndlkern',
  Drum in d'Sitten, i waß,
  Krieg' i auch dritte Klass'!

In der Schule, i dank',
Die Händ' auf der Bank,
Den Vortrag anhör'n,
Ohne schlafrig zu wer'n,
  Das Buch aufgeschlag'n,
  Zu schwätzen nicht wag'n,

Wie ein eiserner Aff',
Sonst kriegt man a Straf'!
Dieser schreckliche Druck
Halt't im Wachstum uns z'ruck,
Und von d'Bub'n tun s' begehr'n,
Große Männer soll'n s' wer'n!
Und wenn ein'r auch all's kann,
Stell'n s' ein' erst nirgends an.
Ja, das muss ein' antreib'n,
Ein Esel zu bleib'n!

*(Nach dem Liede.)*
I wart' jetzt nur, bis i ein Jüngling bin, dann geh' i in die Welt, und das is g'scheiter, als in die Schul'. Die Welt is die wahre Schule, denn da lernt man alles von selbst. In der Schul', da muss man die Lektionen aufsagen, sonst is man dumm; wenn man aber in der Welt eine tüchtige Lektion kriegt, so muss man still sein und gar nix dergleichen tun, dann is man g'scheit! In der Schul' wird man alle Tag' verlesen, in der Welt, wenn man da einmal verlesen is, so is es genug auf ewige Zeiten. In der Schul' muss man ruhig sein, in der Welt is es just gut, wenn man recht viel Lärm macht; in der Schul' hab'n s' extra eine Eselbank, in der Welt sind die Eseln auf allen Plätzen zerstreut. Darum herrscht auch nur in der Schule diese Indiskretion, dass s' ein' sagen können: »Marsch, auf die

Eselbank!« In der Welt, wenn ich da in ein Gasthaus oder in ein Kaffeehaus gehn werd', riskier' ich das nicht. Oder wenn ich in ein Theater geh', da kann kein Sitzaufsperrer zu mir sagen: »Ich bitt', Sie sind ein Esel, Sie g'hör'n auf diese Bank!« Das geht nicht! Mit einem Wort –

Wenn die Dummheit in der Regel mehr Glück als die Weisheit hat, so is es eigentlich schon eine halbete Dummheit, wenn man nach Weisheit trachtet. Und wie oft hat der G'scheite Momente, wo er sich wünscht, recht dumm zu sein; der Dumme hingegen wünscht sich nie, g'scheit zu sein, er glaubt's ohnedem, dass er 's is, und in dieser Leichtgläubigkeit liegt schon eine Art Glückseligkeit, währenddem das Vielwissen zu gar nix is, als dass es einem Kopfweh macht.

»Das Kleid macht den Mann«, das Sprichwort, durch welches wir uns selbst so sehr vor die Schneider herabsetzen und welches doch so unwahr ist, denn wie viele ganze Kerls gehn mit zerrissene Röck' herum.

Das Maßnehmen is das, was den Schneider über Tausende seiner Mitmenschen erhebt; der Schneider bemisst das früher, was er ins Werk setzen will; das sollten viele große Männer lernen, solang s' noch klein sind, natürlich, als so Großer lernt man nix, denn was groß is, is ung'schickt.

JULIUS. […] Die Menschen lachen gerne.
SCHLICHT. Das wohl, wenn aber einer nach dem andern merkt, dass er bei den Satiren über sich selber gelacht hat, das bildet eine Masse, die einem 's bitter nachtragt.

Je dümmer als der Mensch ist, desto mehr Wohlgefallen hat er an sich selbst.

Ah, um einen Zwanz'ger merk' ich mir schon was, aber in der Schul soll man umsonst Alles wissen.

Und in noch mancher andern Hinsicht is der Mangel an Bildung recht gut, denn es gibt erstens nix Romantischeres als eine ungebildete Geliebte. Wenn der Urwald der Unwissenheit noch durch keine Axt der Kultur gelichtet, die Prärie der Geistesflachheit noch durch keine Ansiedlung von Wissenschaft unterbrochen ist, wenn auf den starren Felsen der Albernheit die Gedanken wie Steinböck' herumhupfen und das Ganze von keiner augenblendenden Aufklärungssonne bestrahlt, sondern nur von dem Mondlicht der Liebe ein wenig bemagischt wird – das wird doch, hoff' ich, unbändig romantisch sein! Es kann auch nichts Interessanteres als eine ungebildete Geliebte geben. Bei einer gebildeten weiß man in kurzer Zeit akkurat, wieviel sie gelernt hat, nachher wird s' ei'm fad; bei einer ungebildeten hingegen kann man gar nie wissen, was sie vielleicht noch all's lernen kann; da is der Phantasie ein marchfeldweiter Spielraum gegönnt!

XIII

## Die Menschheit will nur recht poetisch aufgefasst sein

Federkauen, das ist die naturgemäße Nahrung für einen Schreiber, dann kann er sagen, dass er von der Feder lebt; und wenn er auch verhungert, macht nichts, es leben noch immer zu viele, die schreiben.

Wenn ich auch nichts von der Schriftstellerei weiß, von die Schriftsteller weiß ich desto mehr. Man braucht ihnen nur Lobeserhebungen und Schmeicheleien ums Maul zu streichen, so sagt jeder, »ah, der Mann versteht's – tiefe Einsicht – gründliche Bildung.«

Ich find' nicht die gehörigen Worte, das heißt, ich findet s', aber grad die g'hörigen täten sich nicht g'hören – mit einem Wort, der Mensch verfallt nach einigen Desperationsparoxysmen in eine ruhige Sarkasmus-Languissance, wo man über alles räsoniert und andererseits wieder alles akzeptabel find't.

’s Komödispiel’n is aber keine Kunst, es is eine reine Komödispielerei.

Das haben sie schon in sich, die schönen Tage von Aranjuez, dass sie so schnell vorübergehn.

Wenn ich nur die Dichter, die die Wiesen einen Blumenteppich, die den Rasen rasenderweise ein schwellendes grünes Sammetkissen nennen, wenn ich nur die a drei Stund lang barfuß herumjagen könnt’ in der so vielfältig und zugleich so einfältig angeverselten Landnatur, ich gebet was drum.

Abonnenten sind nicht so leicht zu vertreiben. Es is zum Staunen, was ein guter Abonnent vertragt.

Antiquar (Totengräbergeschäft der Literatur).

Die Kunst ist ein G’schäft, und grad’ bei die großartigsten Geschäft’ is man meistens nicht gedeckt.

's is jetzt fast Auszeichnung, wenn man sagen kann
dahier:
»Mein Sohn is zwölf Jahr' und spielt gar nicht
Klavier!«
Wer nicht ferm Doktor-Faust-Stückeln jetzt machen
kann,
Sondern nur Virtuos is, den hört man kaum an,
Und doch liest man »Klavierkonzert« fast alle Tag'
An allen Ecken, aber im Preis geben s' dem Liszt nit
viel nach,
Drei Gulden Münz' für ein'n Sperrsitz, zwei Gulden
Entree:
Das is a verruckte Idee!

Man will sich ein' Bub'n musikalisch aufziehn,
Breit't ihm Notenpapier statt ein' Leintuch in
d'Wieg'n,
Später kauft man ein englischs Klavier, 's is a Pracht,
Und a spanisches Rohr, was ihm Animo macht;
Man gibt ihm nix z' essen, dass er wachsen nicht
kann
Und ein' Buberl noch gleichsieht als halbeter Mann;
Zehn Jahr' zahlt man d'Meister, und der Bub', o
Spektakel,
Statt ein' Wunderkind wird er ein ung'schickter Lackl!
Da muss man ein' Zorn krieg'n, 's is wahr,
Man is rein nur dem Schicksal sein Narr.

Die Musik ist eine recht unbescheidene, aufdringliche Kunst. Vor anderen Künsten kann man doch, wenn man es wünscht, Ruhe haben. Man kann Bilder umkehren, dass sie nach der Wand hinstarren, man kann sich vor Leuten, die einem Gedichte vorlesen wollen, verleugnen lassen, aber die Musik dringt durch Mauern und Balken.

Sieht man ein Virtuosen in einem Konzert,
Er kommt mit ein G'sicht fast von Weltschmerz
verzehrt,
Die Haare wild sträubend, die Augen ganz stier,
So sinkt er gebrochen hin an das Klavier.
Da werden die Damen gleich alle nervös
Und lispeln halb ohnmächtig: »Schön, ach famös«.
Darauf haut er wahnsinnig in d'Tasten hinein,
Er lasst nicht nach, bis d'Saiten abgesprungen sein.
Was Schön's an den G'hass ist, hat niemand entdeckt,
Aber es macht halt Effekt.

Der Ernst hat eine feierliche Seite, eine schauerliche Seite, überhaupt sehr viele ernsthafte Seiten, aber ein elektrisches Fleckerl hat er doch immer, und da fahren bei der gehörigen Reibung die Funken der Heiterkeit heraus.

Dem Franzi seine Genäschigkeit
Wird immer größer mit der Zeit,
Da hilft ka Strafen und ka Wixen,
Wenn er krappst aus der Zuckerbixen.
Bald schleckt er d'Haut vom Obershefen,
Bald fehl'n die Äpfeln auf die Öfen,

Der Kleine – na – wir wer'n 's schon hör'n,
Das wird a rechter Spitzbub wer'n.
Doch hat auf einen andern Weg g'führt ihn sein G'schick,
Für d'Volkstheater schreibt er die neuesten Stück'.
Den Stoff nimmt er von einer französischen Pièce,
Aus alten Komöd'jen bald dies und bald des,
Und wenn hie und da ein Gedanken aufblitzt,
Hat er g'wiss ihn wo g'hört – abg'schrieb'n oder stibitzt.
Jetzt, wenn der auch aus Zufall a Dichter is wor'n,
Man sieht, er is doch zu an Schnipfer gebor'n.

Zu ein' Dichter geht einer:
»Ich kenn' d'Leut' wie keiner,
Schreiben S' g'spaßige Sachen,
Man will nix als lachen;
D'Leut' sind nicht so kritisch,
Meiden S' alles, was politisch,

Sie werden sehen, mit so ein' Stück,
Ich sag's als Prophet, machen S' Glück!«
  Der Dichter probiert es.
  Schreibt 's Stück und aufführt es.
  Ach, man nimmt alle Späße
  Als fade Fadesse,
  Auf d'Letzt' wird gezischet,
  Mit Pfeifen vermischet;
Der Dichter zuckt d'Achseln und stutzt,
Und selbst der Prophet is verdutzt.
  Ihm sagt dann ein Gelehrter:
  »Ja sehn S', mein Werter,
  Man verlangt jetzt Tendenzen
  Mit Zeitkonsequenzen,
  Philosophische Glossen,
  Kurz, ernsthafte Possen,
Von politischem Geiste durchweht – «
Hint'nach is a jed'r a Prophet!

Beredsamkeit is der Schneider, der die Gefühle in Worte kleiden soll, ich hab' aber den Schneider nicht, darum haben meine Gefühle nix anz'legen, und Gefühle, die nix anz'legen haben, die kann man nicht herzeigen vor d'Leut', man muss sie immer verschließen.

Ein G'spaß soll niemals witzig sein, sondern so gewiss sentimental gutmütig, dass man mit'n halbeten G'sicht lachen und mit der andern Hälfte weinen kann.

Als Poet hab' ich nichts gegen die Freiheit, sie gewährt den Dichtern ein weites Feld zur Tummlung ihrer Pegasusse.

Es ist wirklich nicht viel dran an der Kunst! Man glaubt, wie schwierig das Ding ist, und derweilen hat das gewöhnliche Leben dieselben Schwierigkeiten auch.

In der Karikatur liegt zuviel Wirkliches, und die Menschheit will nur recht poetisch aufgefasst sein, ein klarer Beweis, wie prosaisch sie is.

Übrigens sind Zoten, welche einstens unleugbar gerade beim elegantesten Teil des Publikums als Modeartikel sehr beliebt waren, jetzt gänzlich aus der Mode, ich glaube nicht leicht, dass ein Dichter jetzt derlei beabsichtigen wird, indem damit durchaus kein Effekt zu erzielen ist, sondern im Gegenteil, das Zotenschreiben in seinem eigenen Fleisch wühlen hieße. Übrigens wenn man Zoten finden will, dann ist auch jeder Satz eine Zote. Die Worte »Vater, Mutter, Sohn, Tochter« sind lauter Zoten, weil man, wenn man will, dabei an den unerlässlich damit verbundenen Zeugungsakt denken kann.

Wer wird einen Roman wieder von vorn anfangen, wenn man ihn ausgelesen hat? Ich sage: Neues! Immer nur Neues!

Ich geh' zum Theater!« hat mir einer g'sagt.
»Als was woll'n S' denn 's erstemal spiel'n?« hab' i
g'fragt.
»Ich spiel' gleich den Hamlet, denn ich bin ein Genie.
Gib dann den Don Carlos als zweites Debut.
So wie ich hab'n sie kein' in der Burg, gar ka Spur!« –
Na, da hab' ich schon g'nur, na, da hab' ich schon
g'nur!

Wer Künstler will werd'n, soll 's Theater erwähl'n,
Denn da nur tut's häufig an Künstlern noch fehl'n,
Währenddem 's grad' konträr im gewöhnlichen
Leb'n,
Wo man nur hinschaut, nur viel zu viel Künstler tut's
geb'n:

Denn was d'Leut üb'rall leisten, man staunt, wenn
man's sieht,
Wann das keine Kunst is, ja dann weiß ich's nit.

Die wahre Schönheit und der Genuss liegt in die fein charakteristischen Nuancen. Zum Beispiel in der Bettelweib-Arie, wo die Violinen das: »Ich bitt' gar schön um a bisserl was!« figurieren, während in den Bässen ein fortwährendes: »'s wird nix ausg'teilt!« liegt, und die Bratschen »Vergelt's Gott!« sagen!

Ein Mann darf nix reden, sonst nimmt's die Frau
krumm,
's tanzt ihm d'ganze Famili auf der Nasen herum,
Der Frau ihre Macht immer mehr um sich greift,
Der Mann muss rein tanzen, so wie die Frau pfeift,
Sonst macht s' ihm ein' Tanz, dass 's Hör'n und Sehn
ihm vergeht,
So a Mann hat ja 's ganze Jahr z'Haus sein Ballett!
Das Mädl muss den heiraten, ein'n andern hatt' s'
gern,
Da wird sie Lucia, tut wahnsinnig wer'n!
Den Mann lassen d'Gläubiger einsperr'n aus Grimm,
Seine Frau als Fidelio drängt sich zu ihm.
Um eine Vestalin steigt a Don Juan herum,
Ihr Geliebter is Othello, der bringt s' völlig um!

Solche Leut' geb'n für d'Oper kein' Kreuzer Geld aus,
Sie hab'n deutsche und wällische Oper zu Haus!
So tut's in Privatleb'n zugehn,
Ja, da kann kein Theater bestehen.

Bis zum Lorbeer versteig' ich mich nicht. G'fallen sollen meine Sachen, unterhalten, lachen sollen d'Leut', und mir soll die G'schicht' a Geld tragen, dass ich auch lach', das is der ganze Zweck. G'spaßige Sachen schreiben und damit nach dem Lorbeer trachten wollen, das is eine Mischung aus Dummheit und Arroganz, das is grad so, als wie wenn einer Zwetschgenkrampus macht und gibt sich für einen Rivalen von Canova aus.

LONGINUS. Sie, wenn Sie mir über die Ritterstück' schimpfen, ich schlag' Ihnen nieder unbekannterweis', denn das ist der Triumph der Kunst. Ha, Wut, Götter, Rache, Tod, Mondschein, Verderben, Schwärmerei, Grabesnacht, Himmelslust und Schwerenot – wo hören Sie denn das in einem Ifflandischen Stück? Der Ritter kommt zurück aus blutiger Fehde und findet seine Geliebte treulos, das ist interessant – er gerät in Wut, das ist heroisch – er flucht der Falschen, verlässt sie auf immer, das ist Edelmut – er zieht ins gelobte Land, kommt aber gleich wieder zurück, das ist Konsequenz – er zecht mit seinen Kampfgenossen, bis die Geisterstunde schlägt, und herein schwankt der Schatten des Gemordeten mit der bleichen Silberlocke in der geballten Faust, das ist dramatische Gerechtigkeit. Aber beim Iffland, o je, da lamentieren die Familien aktweis daher, dass man 's Teufels werden möcht', – und um was handelt sich die ganze Verzweiflung? Um zweihundert Gulden Schein; wenn s' den Bettel im Parterre zusammenschießeten und hinaufschicketen, so hätte eine jede solche Komödie im ersten Akt schon ein End'.

LEICHT. Die Eh' ist auf jeden Fall ein Trauerspiel, weil der Held oder die Heldin sterben muss, sonst wird's nicht aus. Übrigens hat die Eh' sehr viel von einem Spektakelstück, denn Spektakeln ereignen sich in diesem Stand, gar nicht zum Glauben. Auch Tableaux kommen drin vor, der Mann kniet hinterm Ofen, die Frau schmacht't übers Fenster auf einen hinunter, das is ein scharmantes Tableau, dann Gruppierungen, die Frau steht so (*macht pantomimisch, wie die Frau dem Mann eine Ohrfeige geben will*) und der Mann steht so (*macht eine Stellung, wie der Mann sich furchtsam bückt*), das ist eine herrliche Gruppierung. Dann gibt's auch sehr häufig im Eh'stand Einzüge: wie der Mann ins Wirtshaus geht, hält der Liebhaber seinen Einzug ins Haus; Krönungen usf., alles mögliche, was zu einem guten Spektakelstück gehört.

Man geht ins Theater, man will sich vergnüg'n,
O Himmel, was tut man für a Nachbarschaft krieg'n!
Rechts sitzt eine Alte mit Strauchen und Katarrh,
Links repramendiert seinen Sohn a Papa;
Grad hinten sitzt einer, der patscht ei'm in d'Ohren
Und schreit »Bravo!«, als wenn er wär' zahlt dafür wor'n,
Vor einem tut einer ein' sächsischen Herrn
Die wien'rischen G'spass alle hochdeutsch erklär'n.
Da muss man ein' Zorn krieg'n, 's is wahr,
Man is rein nur dem Schicksal sein Narr.

Einmal war i im Theater, hab' a Stuck angeschaut,
Da is vorn auf der Bühn' a kleins Hüttel auf'baut,
Und wie die Akteur' bei dem Hüttel tun stehn,
Da können s' die Roll'n, da geht alles so schön!
Doch stehen s' weit hint' oder gar draußt am Eck,
Da wird g'stiketzt und gagetzt, da sein s' völlig weg,
Wie a Strudelteig zieht sich jeds Wort aus 'n Mund –
Und man kommt auf kein' Grund.

Ich habe mich aber der Kunst geweiht, der Kunst, welche man höchst irrtümlicherweise mit der Wissenschaft derart zusammenspannt und beide als siamesische Zwillinge behandelt, dass man überall sogar für beide nur eine Medaille prägt – »für Kunst und Wissenschaft«, wodurch allerdings der Vorteil erreicht ist, dass der damit Belohnte immer doppelt belohnt ist, weil er nur die Hälfte verdient, denn der Künstler wird höchst selten gar viel Wissenschaft besitzen und der sehr Wissenschaftliche gewiss alles eher als Künstler sein.

Ich hab' es leider nie zu einer guten Bühne bringen können. Eine gute Bühne ist nämlich die, wo in jeder Loge ein Millionär und auf jedem Fauteuil ein Kapitalist sitzt; da hat man doch Hoffnung, die sich dann und wann zur Möglichkeit, manchmal sogar bis zur Aussicht steigert.

Das ist eine Eigenheit unserer Kunst, dass wir beständig das spielen wollen, wo wir kein Talent dazu haben.

Dass es Leut' gibt, die nicht zum Theater gehn, das find' ich noch begreiflich – 's wär' auch nit gut, denn wenn all's zum Theater ging', gäbet's kein Publikum.

Wenn in einem Stück drei G'spaß und sonst nichts als Tote, Sterbende, Verstorbene, Gräber und Totengräber vorkommen, das heißt man jetzt ein Lebensbild.

Theater! O Theater, du
Der Kunst geweihter Tempel!
Raubst viel Geschöpfen Herzensruh' –
Ich bin so ein Exempel.
Als Köchin lebt' ich ungetrübt,
Da konnt' ich lachen, scherzen,
Die Herrn war'n alle in mich verliebt,
Sonst hatt' ich keine Schmerzen.
Nur eins hat manchmal mich gequält:
Sehnsucht nach der Theaterwelt!

Ich tat den Schritt – doch welch Gewinn!
Man zahlte keine Gage,
Auch blühte meinem Liebessinn
Manch kränkende Blamage.
Liebhab'r und Helden war'n mir hold,
Es sagte jed'r: »Ich schwöre
Dir Treu', und Treue zwar wie Gold« –
Doch 's Gold ist nur Chimäre.
So hat in Liebe und in Geld
Getäuscht mich die Theaterwelt.

Ein Maler is ja ein glücklicher Mensch. Wir Maler sind erstens reich; wir haben wenigstens das Vorrecht der reichen Leute, wir dürfen uns viel erlauben, was man uns zu Guten halt't, weil wir Maler sind; ein andrer Mensch dürft' zum Beispiel gar nicht so dahergehn wie ich; wir Maler sind auch mächtig, wir dominieren im Reich der Pinselei, und wie groß dieses Reich ist, das ist noch gar nicht bemessen, denn es werden täglich neue Entdeckungen g'macht. Wir Maler können sogar ungestraft, was niemand sein derf, Satiriker sein, wir malen oft Porträts in einem Schmeichlungsgrad, dass sie offenbar Satiren auf die plumpen Originale sind.

In der Bildergallrie erhebt einer sein Stimm
Als wenn der Michl Angelo g'lernt hätt von ihm;
»Höchst gelungen dies Genrebild! Sehen Sie –
hier tritt
Das Helldunkel vor aus dem Schmelz-Kolorit!
Die Fleischtöne dieses Apollo verbinden
Konturen und Schlagschatten mit Mezzo-Tinten,
Doch die Kolonnade ist schlecht, völlig schief,
Und die Schäferin dort hat gar kein Perspektiv.«
Da kann man nur sagen: es hat kein Hand und kein
Fuß, 's ist a g'schwollner Diskurs.

## XIV

## Ja, die Zeit ändert viel

Ja, es ist eine schöne Zeit, wo man sich noch Mühe gibt, die Zeit zu töten, aber es kommt leider nur zu schnell die Zeit, wo man merkt, dass die Zeit einen selbst tötet.

Aber wir Alten haben halt das, dass wir oft dummerweise das für das Fortleben der Liebe im ewig jungen Herzen halten, was doch nur Zuckungen sind, wie s', galvanisiert, die toten Frösch' noch machen.

Die Welt soll mich für alles, meinetwegen auch für einen alten Sünder, nur nicht für einen alten Esel halten.

Schätzen kann sich ein Frauenzimmer so hoch sie will, aber es soll ja keine vergessen, dass sie drei Termine hat, den Termin der Jugend, den Termin der Hübschigkeit, welcher sich noch etwas über die Jugend hinaus terminiert, und den Termin des Altwerdens; geht sie bei die ersten zwei Termine nicht ab, so wird sie beim dritten unter dem Schätzungswerte hintangegeben.

Der Prozess des weiblichen Altwerdens hat eine durch das Formelle der sozialen Position bedingte, von dem faktischen Jahresquantum abstrahierende Distinktion.

Denn das is a alte Wahrheit: über ein altes Weib geht nix, als ein Mann, der ein altes Weib is.

Wird uns'reins alt, is's gute Nacht,
Da hat man keine Freud',
Die Messer schneiden, die man macht,
Doch selbst hat man kein' Schneid.
Die alten Messer, taugen s' nit,
Man schleift s', tut s' frisch polier'n,
Allein ein alter Messerschmied
Is nit zu renovier'n.

Es gibt kein' Amboss, der rebellt
So stark als dieses Herz,
Und gar kein Messer in der Welt
Schneid't wie mein Liebesschmerz.
Die Lieb' ist da, was nutzt es mich,

Ich g'fall' halt keiner mehr,
Und das bloß aus dem Grund, weil ich
Ins alte Eisen g'hör'.

KATHI.
Also haben Sie doch Hoffnungen für die Zukunft?

LIPS. Das wohl, aber die Zukunft is noch nicht da, und wie hinüberkommen in die Zukunft? Ohne Essen kommt man nicht durch die Gegenwart.

Liebenswürdig« ist im strengsten Sinne des Worts ein Zeitwort, weil es gänzlich der Abwandlung unterliegt: in der halbvergangenen Zeit heißt's »passé«, in der völligvergangenen »schiech«, und in der längstvergangenen »grauslich«.

Das ist ja das Vergnügen der alten Tage, dass man alles besser einsieht, dass man sich einbild't, g'scheiter zu sein, und dass man sich mit dem Gedanken foppt: Wenn ich noch einmal jung wäre, jetzt tät ich anders handeln. – Dieses Vergnügens beraubte man sich offenbar, wenn man in der Jugend schon gescheit und vernünftig wär'.

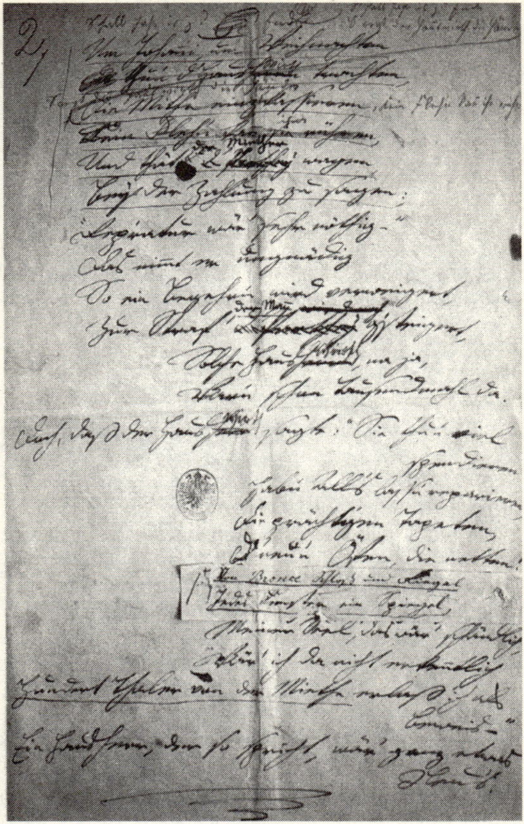

Manuskriptseite aus »Der Unbedeutende«

In der Jugend hat man für grenzenlose Wünsche noch grenzenlose Hoffnungen, später bleiben die grenzenlosen Wünsche, aber die Vernunft löscht die Hoffnung aus, und die ungestümen Wünsche müssen sich nach und nach an der schroffen Wand der Hoffnungslosigkeit den Schädel einstoßen.

In der Silben »alt« strömt der ganze mythologische Fluss Lethe, aus dem die junge Frau Vergessenheit des Gatten schlürft.

Drum is Jugend so schön, denn da hat man das Recht, dumm zu sein, und das Alter so traurig, denn da hat man die Verpflichtung, g'scheit zu sein.
Da hat die Jugend schon das Gute, dass man wenn eim was kränkt, sich graue Haare wachsen lassen kann, im Alter wenn eim was kränkt, bleibt eim nichts übrig, als man reißt sich s' aus.

Ja, die Zeit, das is halt der lange Schneiderg'sell, der in der Werkstatt der Ewigkeit alles zum Ändern kriegt. Manchsmal geht die Arbeit g'schwind, manchmal langsam, aber firtig wird's, da nutzt amal nix, g'ändert wird all's.

A Schönheit hat dreizehn Partien ausg'schlagen,
Darunter waren achte mit Haus, Ross' und Wagen,
Zwa Anbeter hab'n sich an ihr'm Fenster aufg'henkt,
Und drei hab'n sich draußen beim Schanzel dertränkt,
Vier hab'n sich beim Dritten Kaffeehaus erschossen.
Seitdem sein a sieb'nzehn Jahrln verflossen,
Jetzt schaut 's keiner an, sie kann sich au'm Kopf stell'n, wenn s' will –
Ja, die Zeit ändert viel.

Über die Seufzerbrücke geht man über die schmale Kluft zwischen Jugend und Mannesalter.

Die Gefühle bleiben sich gleich und werden im Alter noch heftiger, weil sie keine rechte Erwiderung finden! Das is grad als wie einer, der einen Hering isst und nix z' trinken kriegt.

Der Mensch is nie in die alten Tage. Ich war in die alten Tag', wie ich zwanzig Jahr' alt war; denn diese Tage sind jetzt schon so alt, dass ich seitdem eine Unzahl neue gebraucht hab' zum Verleben. Die jetzigen sind meine jungen Tag', der heutige is mein jüngster, und die noch nachkommen werden, sind gar jung, weil sie zu den noch ungebor'nen gehören.

Einst waren eiserne Zeiten,
Nur kämpfen und streiten,
Nur Schilder und Speere
Von ochsiger Schwere –
Sie schlugen sich nicht bitter,
Die g'harnischten Ritter,
Nur ein'm eine aufs Dach geben,
Dem Beweis musst' all's nachgeb'n,
's Schwert, was um d'Ohren saust recht,
Setzt all's durch nach Faustrecht –
  Diese Kraft, sei'n wir froh,
  Is jetzt längst rokoko.

Jetzt besiegt ohne Kämpfe
Der Mensch all's durch Dämpfe,
Die Kohlenentzündung
Wird g'setzt in Verbindung
Mit Walzen und Rädern,
Gewichtern und Federn.
's kann d'Menschheit am Ende
In Sack stecken d'Hände,
's machen deswegen d'Schneider
So viel Taschen in d'Kleider.
  's is wirklich famos,
  Wie der Fortschritt so groß.

Allein für die Geisteskraft klingt das fatal,
Dass man Pferdekraft wählt zum Symbol, zum Ideal,

Nur Rosskraft erzeug'n, auf das sind s' jetzt versessen,
Dass uns Rossgeduld nötiger wär', tun s' vergessen.
Doch weil s' für die Rossgeduld hab'n ka Maschin',
Stell'n s' noch immer den Menschen als solch'n gern hin.

Drum, i schau' mir den Fortschritt ruhig an
Und find', 's is nicht gar so viel dran.

In der Vorzeit, da schossen
Die Helden, die großen,
Mit Pfeil'n aus dem Köcher
In die Leiber sich Löcher,
Auf Distanz einer Meile
Trafen die Flitzbogenpfeile,
Und dass von den Pfeilen
Leichte Wund'n auch nicht heilen,
Hat der Brauch sich eing'schlichen,
Dass s' Gift hab'n drauf g'strichen.
Solch Geschoss, sei'n wir froh,
Is jetzt längst rokoko.

Drauf hat in freien Stunden
Das Pulver erfunden
Ein Deutscher, ein böser,
Was eig'ntlich d'Chineser
Viel früher erfanden,
Das macht uns stark zuschanden.

Soll'n wir nichts voraus hab'n
An erfind'rischen Gaben?
Da wurden wir tolle
Und erfanden Schießwolle!
'S is wirklich famos,
Wie der Fortschritt is groß.

Doch wenn auf der Welt schon geschossen werd'n muss,
Was gewinnt denn der Mensch bei ein' baumwoll'nen Schuss?
Wird der Tod durch a Kugel vielleicht minder hart,
Wenn man bei der Ladung mit Baumwoll' verfahrt?
Wird's Grab minder kalt dadurch, als's g'wesen is,
Wenn i a Nachthaub'n in a Büchs'n lad' und mich erschieß'?

Drum, i schau' mir den Fortschritt ruhig an
Und find', 's is nicht gar so viel dran.

## XV

# Im Tode muss Wahrheit sein

Was kann der Mensch, dessen Leben nix anders als ein an seinem Geburtstag gefälltes, auf unbestimmte Zeit sistiertes Todesurteil is, G'scheiteres tun, als er lasst sich in resignierter Delinquentenmanier noch nach Möglichkeit gut g'schehn mit einer Gustospeis?

GOTTLIEB. […]
Das is das Gute beim Selbstmord, man versäumt nichts! Die Ewigkeit ist immer noch lang genug. Warum soll ich nicht Abschied nehmen im Geist von jeder Kleinigkeit, die mir wert war im Leben! Und sonderbar, ich find' jetzt auf einmal eine Menge solcher Gegenständ' und ich war doch der Meinung, ich bin gar so arm! Begreif's schon! Der Tod is ja eine Ausziehzeit, und beim Ausziehen find't sich der Mensch immer reicher, als er glaubt – so sagt wenigstens 's gemeine Volk, und so eine Lehre von unten is manchmal so viel wert als eine Warnung von oben. Aber auch an solchen fehlt's ja nicht – da gleich! *(In die Szene blickend.)* Da fliegt ein Johanniskäfer! Er leuchtet in der finstern Nacht, denn er lebt, während ein Krondiamant in der Dunkelheit glanzlos ist, wie gar nichts aus-

schaut. Es is beinah, als ob uns die Natur zeigen wollt', dass das miserabelste Leben mehr wert ist als der brillanteste Tod.

Das Lügen is eine Erfindung von und für Lebendige; im Tode muss Wahrheit sein, schon deßtwegen, weil er der Gegensatz vom Leben is.

Nein, hier vor der Linie heraußt is es schöner; da sagen s' doch noch, wenn einer stirbt: »Gott hat'n zu sich genommen« – aber in der Stadt heißt's nur: »Der Doktor hat'n unter die Erd gebracht!«

Viele Weltverleumder sagen: die Welt tät's, aber es gibt zu viele durch und durch schlechte Menschen drauf. [...] Dann sagen s' wieder, die Weltverleumder, wenn's schön wär' auf der Welt, gäbet's nicht so viele Selbstmörder, die sich 's Leben nehmen. Mein Gott, die paar machen's nicht aus; es gibt weit mehr Selbstmörder, die sich 's Leben nicht nehmen, die sich grad durch das umbringen, dass s' z'lang auf der Welt bleiben; das is doch a klarer Beweis, dass's ihnen da g'fallt.

Der Mensch ist mit der Gewohnheit verwachsen, das Atemholen ist auch nur eine Gewohnheit; wenn man sich's aber abgewöhnt hat, ist man hin.

Ja, Tod, du bist eine eigene Sache, du Tod, du! – Schauerlich durch Rätselhaftigkeit, und wärst vielleicht noch schauerlicher, wenn das Rätsel gelöst wär'; aber die Würmer können nicht reden, sonst verrateten sie's vielleicht, wie grässlich langweilig dem Toten das Totsein vorkommt.

Der Körper ist der hartnäckigste Anbeter des Lebens und lehnt sich auf gegen die Grabeswünsche der Seele.

Nicht nur der Körper wird von Würmern gefressen, sondern auch der Geist, denn auch die Bibliotheken werden von Würmern aufgezehrt, mancher Unsterblichkeit verdienende Gedanke ist schon das Diner einer Mottenfamilie geworden.

Ich kann's überhaupt nicht glauben, dass die Jenseitigen an uns Diesseitige herüberdenken; die Guten wenigstens gewiss nicht, denn sie sollen ja selig sein, und wie brächten s' denn das z'samm, wenn sie uns herunt im Vogelperspektiv betrachteten? Könnt' es einen seligen Hausherrn geben, wenn er sähet, wie seine liederlichen Buben auf sein schweiß- und fleißerbautes Haus einen Satz um den andern machen? Könnt' es einen seligen Graukopf geben, wenn er's sähet, wie seine blonde Witwe die Trauerkleider als Liebesnetze verwend't. Könnt' es einen seligen Schiller, einen seligen Goethe geben, wenn sie sehen müssten, wie in Budweis der »Don Carlos« und in Feistriz der »Faust« aufg'führt wird? – Es war keine dumme Erfindung von die Griechen und Römer, dass sie als Grenzfluss ihrer Champs élysée den Lethe angenommen haben, aus dem man Vergessenheit trinkt. Wer die Welt nicht vergisst, für den kann's gar kein'n Himmel geben. Das ist altgriechische Philosophie, die in zweitausend Jahren noch nicht rokoko worden is.

Das Leben is kein Glück, denn es is eine lebenslängliche Straf', durch das Bewusstsein, dass man sterben muss, ein Todesurteil, von dem wohl der Tag der Vollstreckung nicht angegeben wird, von dem aber auch kein Pardon zu hoffen ist.

Wir sind alle Delinquenten, die der Scharfrichter Tod mit dem Rad der Zeit zerschmettert.

Witz aus dem Jenseits:
»In der Nestroy-Woche im Olymp.
Johann Nestroy zu Wenzel Scholz: Geh' Wenzel, frag 'n Petrus, ob er net a Handspritzen hat, denn a bissel anspritzen möcht' i unsere Kopirer da unten da!«
Xylographie, um 1881

PEPPI. Man lebt nur einmal.
SIEGWART. Ich hab' an einmal schon zu viel.

Etwas Verzweiflung, a bissel Jammer, a wenig Wahnsinn – und am Schluss – mein Gott, sterben müssen wir ja alle – der Tod!

Jenseits is ja eine bessere Welt; man blamiert entweder jene bessere Welt oder seinen Glauben dran, wenn man um Verstorbene lamentiert.

Prozesse sind die Blumen, die am üppigsten auf den Gräbern reicher Leute blühn.

Es gibt wohl viele, die ganz stolz den Selbstmord eine Feigheit nennen, sie sollen's erst probieren, nachher sollen s' reden!

Ich hör' schon das Gras wachsen, in welches ich beißen werd'.

Nein, er betreibt ein stilles, abgeschiedenes Geschäft, ein Geschäft, bei dem die Ruhe das einzige Geschäft ist; er liegt von höh'rer Macht gefesselt, und doch ist er frei und unabhängig, denn er ist Verweser seiner selbst – er ist tot.

Bei jeder Trennung, folglich auch beim Tod, ist der zurückbleibende Teil immer übler dran. Das Scheidende divertiert sich an der Novität des Himmels, der Zurückbleibende muss sich mit längst geschmeckten irdischen Freuden behelfen – es ist gar kein Verhältnis.

Wissen wir, wie groß der Himmel is? Ob man da nicht in Berührung kommt, in Seelenanstreifungen, die einem höchst zuwider sind? Jeder, der versöhnlichste Mensch, hat a paar Individuen, die ihm den Himmel gewaltig verschandelten, wenn er s' droben begegnen müsst, und anderseits, wenn wegen jeden Seligen, dem die Seligkeit eines anderen Seligen ein Dorn im Aug is, dieser andere gleich verdammt werden müsst, bleibet der Himmel leer wie die 17te Vorstellung von einem durchgefallenen Stück.

Wir haben ja Beispiele, dass junge Leut auch sterben, setzen wir uns also in die Lag', wenn so ein junger Mensch in Himmel kommt, er lasst auf Erden eine schwärmerische Geliebte zurück, die sich fünf Monat zu Tod kränkt um ihn, und im sechsten einen andern heirat't. Nach a paar Jahren, die der ganz himmlisch zubringt, hört er zufällig, heut' is gar a hübsches neu's Engerl angekommen von der Welt; er fragt, von wem bist denn, du lieb's Engerl du, und 's kleine Engerl sagt, ich bin's verstorb'ne Maderl von der, und der Selige erkennt, dass die Mutter seine treugeglaubte, an einen andern verheiratete Laura is. Wie der Selige aus der Haut fahret, a Glück, dass die Seligen ka Haut haben. Das is jedenfalls eine Schattenseite des ewigen Lichtes, das uns da droben leuchten soll.

Nehmen wir einen andern Fall, der Tod zerreißt ein kaum geschlungenes Eheband. Er kommt in Himmel, und sie bleibt noch zehn Jahr mit und 30 Jahr ohne Anfechtung auf der Erden zurück, endlich wird auch sie hinübergezüg'nglöcklg'läut't. Oben finden sie sich, er is mit sein jugendlichen Begriffe selig geworden, sie kommt gestählt durch die bittersten Erfahrungen in die jenseitigen Freuden, – kann eine wahre Harmonie sein zwischen diese zwei Seelen, und wenn zwei Seelen nicht zusammenhalten können, was is das für a Himmel, da wurd' er durch manche irdische schöne Stund zu Schanden gemacht.

XVI

## ’s Moralisieren is leicht

Ich habe auch meine Stunden der Empörung, aber ich verstecke sie, weil ohnmächtige Empörung lächerlich ist. Da ich nicht stolz sein konnte, bin ich demütig geworden, um mir die Scham zu ersparen, niederträchtig zu werden.

Das Volk muss physisch beim G’nack gepackt und moralisch mit der Nasen drauf g’stoßen werd’n.

’s Moralisieren is leicht, wenn man die Welt vom grünen Talgrund aus betrachtet, ich aber schau’ sie vom Gipfel der kahlsten aller Felsen, vom Kulminationspunkt alles Elends an, und in dieser Vogelperspektiv’ haben die bausbackigsten Sentenzen eine hohle, nichtige Gestalt!

Ich hab’ zu viel Erwachsene kennen gelernt, die der Nachsicht bedürfen, als dass ich je mehr gegen die Kinder streng sein könnt’. Den Kindern g’schieht ohnedem viel Unrecht. Is das nicht schon Unrecht genug, dass man sie für glücklich halt’t? Und sie sind es so wenig wie wir, sie haben in ihren Kinderseelen alle Affekte, eine Sehnsucht, die sie mit Täuschungen, eine Eitelkeit, die sie mit Kränkungen, eine Phantasie, die sie mit den Wauwaubildern quält, und dabei haben sie nicht die Stütze der Vernunft, die uns wenigstens zu Gebot steht, wenn wir sie auch nicht gebrauchen. Wir finden ihre Leiden klein, ohne zu bedenken, wie kleinlich wir oft in unsern Leiden sind. Wir finden das kindisch, wenn das Kind sich kränkt über einen hinuntergefallenen Apfel, und wie viele Erwachsene sind oft in Verzweiflung über ein gefallenes Papier. – Uns kommt das so kindisch vor, wenn das Kind über einen zerbrochenen Wurstel weint, und ich hab' schon alte Herrn g'sehn, die sich über eine verlor'ne Gretl die Haar' ausg'rissen hab'n. Wir sind sogar so ungerecht, Unmögliches zu prätendieren, indem wir oft den Kindern den Vorwurf machen: »Ihr Fratzen seht's gar nicht ein, was die Eltern für euch tun?« Und das können sie doch erst dann einsehen, wenn sie selbst einmal Eltern sind. Und wenn das alles nicht wär', so sind die Kinder schon deswegen zu bedauern, weil sie einmal groß werden müssen, da zeigt sich's dann erst recht, wie wenige unter einem glücklichen Gestirne geboren sind.

Schäm' dich, Greis, so blondlockige Ideen zu haben in einem grauen Kopf – is das ehrwürdig? – Ja, es is

Johann Nestroy als Pan in »Daphnis und Chloe«
von Jaques Offenbach

Aquarell von Emil von Hartitzsch, um 1860

halt nicht alles ehrwürdig, was grau is; es lieget eine offenbare Eselei in dieser Behauptung.

Meine Schwärmerei war immer eine mühsam herausg'mauste Resignation, eine Melancholie mit Flinserln, eine düstre Novemberallegorie mit einem falschen Maibuschen in der Hand.

Eine Strauchen dauert drei Wochen, ein Krampfkatarrh ein Vierteljahr, die Hühneraugen lebenslänglich – und mit dem Gemüt gar! Da is es eine ewige Patzerei – nur wenn man kein's hat, da hat ma Ruh' vor dieser Seelengicht.

Ein wachsamer Mensch traumt sogar von seinen Pflichten.

Die kürzeste Straf' in der Höll' is auf ewig.

Da is ja jedes Wort eine moralische Blausäure, mein Inneres zerfallt wie Zunder, ich trag' meine Seel' in Schnopftüchel heim.

Das Lächerlichmachen ist in solchen Dingen das wirksamste Mittel, den in der Menschennatur wurzelnden Reiz des Verbotes zu neutralisieren. Das Lächerlichmachen des Bösen und Schlechten ist die einzige moralische Wirksamkeit der Komik, ich glaube, man sollte sie darum am wenigsten beschränken.

Was nach der Sage dem Schneider das Bügeleisen im Sack, das is dem Glücklichen ein kleines Stück Kummer im Herzen, sonst gingen trotz dem Gesetz der allgemeinen Schwere beide in die Luft.

Man sagt, die Gebirgsbewohner bekommen vorzüglich das Heimweh. Jeder Mensch ist Gebirgsbewohner, seine Gewohnheiten sind seine heimatlichen Berge, denen man ihn nicht entreißen darf.

Die Christenpflicht sagt nur, man soll seinen Feinden Gutes tun. Gut! Deswegen seh' ich aber noch nicht ein, warum man ihnen nicht dann und wann etwas Böses wünschen soll; es ist ja keine Folge, dass der Wunsch erfüllt werden muss.

Nicht auf den Gegenstand, sondern auf den, der spielt, kommt es an, ob die Unterhaltung eine unschuldige is. Ich hab' in meiner Jugend Scharfrichterskinder g'sehn, die haben sich ein Schafottbrettl über a Folterbank g'legt und haben sich drauf g'hutscht.

Das Licht hat die größte Geschwindigkeit in der ganzen Natur, drum hat auch das üble Licht, was auf ein Wesen fallt, so eine schnelle Verbreitung.

Schon dreitausend Jahr' lebt die Philosophie davon, dass ein Philosoph das behauptet, was der andere verwirft, dass einer gegen alle und alle gegen einen sind, und keiner sich vor der Gefahr des Unsinns fürcht't. Ich weiß es, es gibt dutzendweis' Weltweise, die auf alle Weis' beweisen, dass die Schlechtigkeit ein moralisches Zentralfeuer is, welches ausströmt in den ganzen Tatenkreis der Schlechten. – Diesen Lehrsatz brack' ich mit einer Analogie vom Physischen aufs Geistige zusamm'. Es gibt keinen mit einem zu kurzen Fuß, der nicht auch einen längeren Fuß darneben hat – 's gibt keinen Einseitigen, der nicht auch eine andere Seiten hat, die den Gegensatz zur ersten Seite bildet, so dass grad der Einseitige der Vielseitige oder wenigstens der Zweiseitige is. Das is echt philosophisch – und so behaupt' ich, muss oder kann wenigstens der auf einer Seite moralisch Gesunkene auf der andern Seiten seine moralischen Erhabenheiten hab'n.

Der strebsame Mensch muss nichts fürchten, wenig glauben und alles hoffen.

Gewissen ist der elastischste Stoff, heut' kann man's kaum über Maulwurfhügel spannen, morgen deckt man ganze Berge damit zu.

Leidenschaft lässt sich nicht in geometrische Figuren zwängen, ebensowenig als Poesie im Quadrat der Hypothenuse zu finden ist.

Mir war der verlorene Sohn schon immer verächtlich, aber nicht deswegen, weil er ein Schweinehirt war, sondern weil er wieder nach Haus gekommen ist.

Die Kunst ist und bleibt einmal eine Leidenschaft! Machen aber Leidenschaften glücklich? Konträr!

Strenge Moralisten sagen: um glücklich zu sein, muss man alle Leidenschaften aus sich verdammen. Dieser Rat ist ungefähr so gut, als wie wenn man einem, der über enge Stiefel klagt, sagt: er soll sich beide Füß' amputieren lassen, damit er kein' Verdruss mehr mit dem Schuster hat. – Eigentlich hab' ich nur eine Leidenschaft, nämlich die, dass ich gern allen meinen Leidenschaften nachhänge. Und statt dem sollt' ich sie besiegen? Nein, das ist mir ein viel zu trauriger Triumph, wo man selten verdiente Anerkennung hat davon, denn die Leut' sagen von einem Besieger seiner Leidenschaften nie: »Das war ein starker Geist«, sondern sie sagen: »Das müssen schwache Leidenschaften sein.«

XVII

## Zweifeln kann man an allem

Sokrates war zuständig im griechischen Land,
Er machte in Philosophie, wie bekannt,
Prüf'n wollt'n ihn d'Professor mit Frag'n, mit schweren,
Doch er sagt: »Wozu woll'n wir uns täuschen, meine Herren?
's Resultat meiner Studien in Mühe und Schweiß
Ist, dass ich jetzt weiß, dass ich gar nix noch weiß!«
Schnupfend sagten die Griechen: »Die Antwort ist gut!«
Drauf man ihm den Doktorhut aufsetzen tut.
Jetzt tut auch so mancher studier'n,
Und kommt es dann zu Rigorosier'n,
D'Professer sitz'n alle herum,
Da könnt' der auch sagen: »Warum,
Was woll'n wir uns täuschen, dös Jahr
Hab' ich mich nur verlegt aufs Billard.
Drum probier'n Sie's und tun Sie mich frag'n,
Ich weiß gar nix, sonst kann ich nix sag'n« –
Dass zum Doktor den täten graduieren nachher,
Das gibt's jetzt nicht mehr,
Ja, das gibt's jetzt nicht mehr.

Und die Menschen haben schon den Unsinn, dass sie das für *Wahrheit* halten, worüber sie ein'n *Schein* in Händen haben.

O, er hat recht, jener populäre Philosoph, wenn er so klar sagt, dass das Sein nur ein Begriffsaggregat mit markierten elektromagnetisch-psychologisch-galvanoplastischen Momenten ist.

Warum soll die Gegenwart dem ihre Blicke schenken, der immer mit der Zukunft kokettiert?

Die Vergangenheit ist ein im Dunklen befindliches Gemälde, wenn da die Neugierd' ein Licht hinsetzen will, muss augenblicklich die Diskretion wieder den Schirm vorstellen.

Wirklichkeit is immer das schönste Zeugnis für die Möglichkeit.

Die Zukunft is eine undankbare Person, die grad nur die quält, die sich recht sorgsam um sie bekümmern.

Die Nachtwandlerei is auch ohne Mondsucht viel häufiger auf der Welt, als man glaubt.

Ich hätt' sollen gar nie in d'Wirklichkeit kommen; solang ich noch ein Traum meines Vaters, eine Idee meiner Mutter war, da kann ich recht eine scharmante Idee gewesen sein; aber so viele herrliche Ideen haben das, wenn s' ins Leben treten, wachsen sie sich miserabel aus.

Zweifeln kann man an allem, und unter zehnmal zweifelt man neunmal gewiss mit vollem Recht.

Aberglauben is immer noch was Besseres als Unglauben.

Und wenn d'Menschheit betrachten nur wollt',
Was der Teufel auf der Welt alles holt!
Nach dem Mädl ihrer Schönheit ich geize,
's Jahr drauf sein beim Teufel ihre Reize. –
Der Tenor, 's hohe C gelingt ihm –
Er wird heisri, und beim Teufel is d'Stimm'!
D' schönen Aussichten gar! Na, die sind
Oft beim Teuf'l, merkwürdig, wie g'schwind.

Wenn er 's Schlechte nur holet, ging's an,
Doch der Teuf'l is ein heiklicher Mann,
Aus dem, was 'r überlasst, sieht man's recht,
Wie viel 's gibt, was dem Teufel zu schlecht.
I lass' mir mein' Aberglaub'n
Durch ka Aufklärung raub'n,
's is jetzt schön überhaupt,
Wenn m'r an etwas noch glaubt.

Es is immer eine sonderbare Empfindung, wenn man als so Alter ein kleines Kind betracht't; unwillkürlich kommt einem die Idee, wie schad' es is, dass man auf die Welt kommen is. Ich sag' immer, man richtet's viel leichter, wenn man gar nie dagewesen wär'.

PETER. [...] Ich hab' einmal einen alten Isabellenschimmel an ein' Ziegelwagen g'sehn, seitdem bring' ich die Zukunft gar nicht mehr aus'n Sinn.
THOMAS. So was is wohl traurig; – bei ein' Schimmel is noch das Gute, dass er gar nicht denkt –
PETER. Und beim Menschen is das Üble, dass er erst zum Denken anfangt, wenn er ein Schimmel wird.

Überhaupt hat der Fortschritt das an sich, dass er viel größer ausschaut, als er wirklich ist.

Die Hoffnung is ja der Goldschnitt am Buch des Lebens, die Blätter sind übervoll vom schwarzen Druck der Verhältnisse, und die Traumbilder, die man sich vorgaukelt, sind die einzigen Illustrationen drin.

Ich hab' vierzehn Anzüg', teils licht und teils dunkel,
Die Frack' und die Pantalon, alles von Gunkel,
Wer mich anschaut, dem kommet das g'wiss nicht
in Sinn,
Dass ich trotz der Garderob' ein Zerrissener bin.
Mein Gemüt is zerrissen, da is alles zerstückt,
Und ein z'riss'nes Gemüt wird ein' nirgends geflickt.
Und doch – müsst' i erklär'n wem den Grund von
mein Schmerz,
So stundet ich da als wie 's Mandl beim Sterz;
Meiner Seel', 's is a fürchterlichs G'fühl,
Wenn man selber nicht weiß, was man will!

Bald möcht ich die Welt durchflieg'n, ohne zu rasten,
Bald is mir der Weg z' weit vom Bett bis zum Kasten;
Bald lad' ich mir Gäst' a paar Dutzend ins Haus,
Und wie s' da sein, so werfet ich s' gern alle h'naus.
Bald ekelt mich 's Leben an, nur 's Grab find' ich gut,
Gleich drauf möcht' ich so alt wer'n als der ewige Jud';
Bald hab' ich die Weiber alle bis daher satt,
Gleich drauf möcht' ich ein Türk' sein, der s'
hundertweis hat;

Meiner Seel', 's is a fürchterlichs G'fühl,
Wenn man selber nicht weiß, was man will!

Die Seel' hat ein inwendiges, viel zarteres Gesicht, was deshalb auch oft viel früher Runzeln kriegt als die auswendige, alltäglichkeitsabgehärtete Humanitätslarve.

Die schlechteste freie Wahl ist mir lieber als der beste Zwang.

Keinen fruchtbareren Boden gibt's in der Welt als das menschliche Herz; wenn man den Samen des Argwohns hineinstreut, das schlägt Wurzel und wachst und schießt!

Der Zufall ist die Muttermilch, an der sich jeder Plan vollsaugen muss, wenn er zum kräftigen Erfolg heranreifen soll.

ARNOLD. Ah, wäre denn harmlos und geistlos dasselbe?

LEDIG. Wenigstens kein großer Unterschied, denn nur der geistlose Mensch kann den Harm übersehn, der überall durch die fadenscheinige Gemütlichkeit durchblickt.

Weinend kommt jedermann in dieses Leben, lächelnd soll man in jenes übergehen.

Der erst ist ganz unglücklich, der die kahlen Wände seines Herzens nicht einmal mit Bildern der Erinnerung schmücken kann.

Glücklich sein ist bei weitem nicht das, als aufhören unglücklich zu sein.

Wohlgeboren ist das dümmste Wort, denn jeder Sterbliche ist Wehgeboren.

Es heiratet einer a Madl mit Geld,
Von der halben Million nit a Groschen ihr fehlt,
Ein jeder, der d'Sach überhaps nur betracht't,
Wird sag'n: der Mensch hat a unsinnig's Glück
g'macht.

Doch darf er vom Geld keinen Kreuzer anrühr'n,
Er darf ihr nur helfen, d'Intressen verziehr'n,
Für das muss er kuschen, sie übt Tyrannei –
So is überall halt a Umstand dabei.

Ein andrer hat a Frau, wie die Venus so schön,
Wenn er mit ihr spazier'n geht, so bleibt alles stehn,
Die ganze Welt schaut mit Bewundrung sie an,
Und alles schreit: »Das is ein glücklicher Mann!«
Doch sie steigt stets um kokettierenden Blicks.
Der Mann sagt: »Pfui, 's schickt sich nit!« 's nutzt aber nix,
Sie hat all'weil Liebhaber zwei oder drei –
So is überall halt a Umstand dabei.

D'Leut' wünschen sich Kinder, erreichen das Glück,
Dann preisen s' das Schicksal mit dankbarem Blick,
Sie hab'n a paar Madeln, wie d'Engeln so schön,
Und Bub'n, die so schlank wie die Kerzen dastehn,
Doch d'Kinder werd'n groß, da hab'n d'Eltern a Not,
D'Bub'n kommen mit dreißig Jahr' noch zu kein' Brot
Mit die Mädeln ist's wieder a andre Kei'rei –
So is überall halt a Umstand dabei.

Je tiefer ich in meinen Ideen das Senkblei auswerfe, desto mehr finde ich in mir den Abgrund der Widersprüche.

Johann Nestroy

Fotografie, vermutlich Ende der fünfziger Jahre

Die Vernunft is im Kopf, der Zopf außen, drum, wo die Vernunft aufhört, da fangt der Zopf an.

Ein blutjunges G'schöpf nimmt ein'n Millionär
In d'Siebzig – »Ach, Mannerl, ich lieb' dich so sehr,
Ich hab' dich g'heirat't«, sagt s', indem s' ihn halst,
»Weg'n Geld nicht, nein, nur weilst mir gar so gut
g'fallst.«
Das g'freut den alten Herrn, er wird völlig a Narr –
Und 's ist alles nit wahr! Und 's ist alles nit wahr!

Ein Mann muss verreisen, die Frau bleibt zu Haus,
Beim Abschied, da reißt sie sich d'Haar' völlig aus!
»Eher tausendmal sterb'n, als dich einmal betrüg'n!«
Das ruft s' ihm noch fünfzehnmal nach auf der
Stieg'n,
Das beruhigt weg'n die Zweifel den Mann ganz und
gar, –
Und 's ist alles nit wahr! Und 's ist alles nit wahr!

Nichts ist das Wahre, weil gar nichts wahr is. Nihilismus.

Es lässt sich nichts finden, man muss den Dingen beistehen, dass sie sich finden lassen.

Die Zukunft bietet Hoffnungen, aber wie zur Hoffnung gelangen ohne sie?

Das Übelste is, dass ich da denke, wo man fühlen soll.

Es is einmal einer auf den Ruinen von Karthago gesessen, was er gemacht hat, weiß niemand – das wird in Zukunft meine Beschäftigung sein.

Jetzt das sind natürlich nix als phantastische Moussierungen, die manchmal aufperlen im Leidenskelch des Lebens, die natürlich bei einem voll aufperlenden Champagnerglas verschwinden.

# Anhang

# Textnachweise

Die Texte werden nach den unten genannten Ausgaben bzw. Quellen mit den jeweiligen Siglen und Band- und Seitenzahl zitiert. Die Kontexte können über die zusätzlichen Angaben (Sigle des Stücktitels, Akt und Szene) leicht aufgefunden werden. Bei einigen Zitaten wurden die Rollen-Namen belassen, um den szenisch-dialogischen Charakter der Bemerkungen zu erhalten.

Fehlen Angaben zum jeweiligen Stück, handelt es sich um Notizen und Einfälle aus dem Nachlass oder um Einlagen Nestroys in fremde Stücke.

## *Nestroys Werke und Briefe*

| | |
|---|---|
| SW | Johann Nestroy: Sämtliche Werke. Historisch-kritische Gesamtausgabe. Hrsg. von Fritz Brukner und Otto Rommel. 15 Bde. Wien 1924–30. |
| GW | Johann Nestroy: Gesammelte Werke. Hrsg. von Otto Rommel. 6 Bde. Wien 1948–49. |
| HKA | Johann Nestroy: Sämtliche Werke. Historisch-kritische Ausgabe. Hrsg. von Jürgen Hein, Johann Hüttner, Walter Obermaier und W. Edgar Yates. Wien 1977–2010. |
| Briefe | Johann Nestroy: Sämtliche Briefe. Hrsg. von Walter Obermaier. Wien 2005. |
| *Reserve* | Johann Nestroy: »Reserve« und andere Notizen. Hrsg. von W. Edgar Yates. Wien $^{2}$2003. |

## *Unbekannte Couplets*

| | |
|---|---|
| Rommel | Otto Rommel: Unbekannte Couplets von Johann Nestroy. In: Jahrbuch der Gesellschaft für Wiener Theaterforschung 1951/52. Wien 1955. S. 132–146. |
| Branscombe | Peter Branscombe: An Old Viennese Opera Parody and a New Nestroy Manuscript. In: German Life and Letters 28 (1974/75) S. 210–217. |

## *Siglen der Dramentitel*

| | |
|---|---|
| A | Die [lieben] Anverwandten (1848) |
| AB | Der Affe und der Bräutigam (1836) |
| AM | Der alte Mann mit der jungen Frau (1849) |
| AP | Alles will den Propheten sehen (1850) |
| DZ | Die dramatischen Zimmerherrn (1843) |
| E | Zu ebener Erde und erster Stock (1835) |
| EH | Eisenbahnheiraten (1844) |
| ER | Der Erbschleicher (1840) |
| ES | Eulenspiegel (1835) |
| FB | Der Feenball oder Tischler, Schneider und Schlosser (1833) |
| FD | Die Fahrt mit dem Dampfwagen (1834) |
| FK | Freiheit in Krähwinkel (1849) |
| FP | Prinz Friedrich [von Korsika] (um 1831; UA 1841) |
| FV | Frühere Verhältnisse (1862) |
| FZ | Der Färber und sein Zwillingsbruder (1840) |
| FZKL | Die Familien Zwirn, Knieriem und Leim (1834) |
| GJ | Die Gleichheit der Jahre (1834); vgl. VGJ |
| GK | Der gefühlvolle Kerkermeister (1832) |
| GMR | Glück, Missbrauch und Rückkehr (1838) |

| | |
|---|---|
| GSM | Genius, Schuster und Markör (1832) |
| GT | Der gemütliche [gutmütige] Teufel (1851) |
| GWK | Das Gewürzkrämerkleeblatt (1845) |
| H | Höllenangst (1849) |
| HA | Häuptling Abendwind (1862) |
| HB | Sie sollen ihn nicht haben oder Der holländische Bauer (1850) |
| HE | Humoristische Eilwagenreise (1832) |
| HG | Heimliches Geld, heimliche Liebe (1853) |
| HH | Hinüber – Herüber (1844) |
| HS | Die beiden Herren Söhne (1845) |
| HT | Das Haus der Temperamente (1837) |
| J | Einen Jux will er sich machen (1842) |
| JH | Judith und Holofernes (1849) |
| K | Kampl (1852) |
| KC | Karikaturen-Charivari mit Heiratszweck (1850) |
| KO | Der Kobold oder Staberl im Feendienst (1838) |
| KZ | Der konfuse Zauberer (1832) |
| L | Der böse Geist Lumpazivagabundus (1833) |
| LB | Weder Lorbeerbaum noch Bettelstab (1835) |
| LH | Liebesgeschichten und Heiratssachen (1843) |
| LS | Lady und Schneider (1849) |
| M | Das Mädl aus der Vorstadt (1841) |
| MA | Moppels Abenteuer (1837) |
| MF | Mein Freund (1851) |
| MKS | Müller, Kohlenbrenner und Sesseltrager (1834) |
| MM | Martha oder die Mischmonder Markt-Mägde-Mietung (1848) |
| MU | Sieben Mädchen in Uniform (1827) |
| N | Die beiden Nachtwandler (1836) |
| NH | Nagerl und Handschuh (1832) |
| NK | »Nur keck!« [1855] |
| NR | Nur Ruhe! (1843) |

| | |
|---|---|
| PT | Die Papiere des Teufels (1842) |
| Q | Das Quodlibet verschiedener Jahrhunderte nebst […] (1843); vgl. DZ |
| RT | Robert der Teuxel (1833) |
| SB | Die schlimmen Buben in der Schule (1847) |
| SCH | Der Schützling (1847) |
| T | Der Talisman (1840) |
| TAH | Der Tod am Hochzeitstage (1829) |
| TG | Theaterg'schichten durch Liebe, Intrige, Geld und Dummheit (1854) |
| TH | Tannhäuser (1857) |
| TL | Der Treulose (1836) |
| TM | Gegen Torheit gibt es kein Mittel (1838) |
| TT | Tritschtratsch (1833) |
| U | Der Unbedeutende (1846) |
| US | Umsonst! (1857) |
| UV | Unverhofft (1845) |
| VF | Die verhängnisvolle Faschingsnacht (1839) |
| VG | Verwickelte Geschichte! (1850) |
| VGJ | Das Verlobungsfest im Feenreiche oder Die Gleichheit der Jahre (1834); vgl. GJ |
| VZ | Die Verbannung aus dem Zauberreiche (1828) |
| WV | Eine Wohnung ist zu vermieten (1837) |
| Z | Der Zerrissene (1844) |
| ZB | Zampa der Tagdieb oder Die Braut von Gips (1832) |
| ZF | Der Zauber Februar (1833) |
| ZJ | Zwei ewige Juden [und Keiner] (1846) |
| ZP | Der Zettelträger Papp (1827) |
| ZR | Die Zauberreise in die Ritterzeit (1832) |
| ZS | Der Zauberer Sulphur […] (1834) |
| ZV | Zeitvertreib (1858) |

## *Zur Textgestalt*

Die Texte folgen zumeist der modernisierten Textgestalt der zitierten Editionen. Bei einigen Briefen, Entwürfen, Varianten wurden darüber hinaus die Orthographie und Interpunktion behutsam dem heutigen Gebrauch angeglichen. Textauslassungen sind durch Auslassungspunkte gekennzeichnet, eckige Klammern wurden jedoch nur gesetzt, wenn die Auslassungen nicht am Anfang oder Ende der Zitate stehen. Die Kapitelüberschriften sind Nestroy-Zitaten entnommen.

## 1
## Die Welt ist grad so, wie ich mir s' vorg'stellt hab'

**17** 1 PT Vsp,3; SW XI,248; HKA 18/II,15. | 2 TG II,22; SW XI,146; HKA 33,68. | 3 MF Vsp,3; SW VII,248; HKA 30,11. | 4 T II,14; SW X,440; HKA 17/I,11. | 5 MF Vsp,3; SW VII,247 f.; HKA 30,10. | **18** 1 HS IV,5; SW XII,414; HKA 22.46 f. | 2 T I,8; SW X,396 f.; HKA 17/I,15. | 3 GW VI,560; Reserve, 29. | **19** 1 SB 10; SW XIII,224; HKA 25/I,25 [verändert]. | 2 LH I,4; SW XI,354; HKA 19,9. | 3 A I,5; SW V,8; HKA 25/II,11. | 4 TAH I,13; SW I,122; HKA 1,270. | 5 JH 9; SW IV,170; HKA 26/II.91. | **20** 1 ZJ I,13; SW XIII,111; HKA 24/I,17 f. | 2 T I,5; SW X,391; HKA 17/I,11 f. | 3 ZR I,2; SW I,322 f.; HKA 24/I,17 f. | **21** 1 L III,8; SW II,69f.; HKA 5,123. | 2 GMR I,4; SW VI,389; HKA 14,14. | **22** LB II,11; SW III,375 f.; HKA 8/II,55.

## II

## So gibt's viel gute Mensch'n, aber grundschlechte Leut'

**24** 1 N I,16; SW VI,311; HKA 11,21. | 2 FK I,14; SW V,153; HKA 26/I, 27. | 3 NR I,1; SW XII,6; HKA 20,8. | 4 MF I,13; SW VII,286; HKA 30,39. | 5 U I,10; SW VII,17; HKA 23/II,16. | **25** 1 HG I,17; SW VIII,30; HKA 32,27. | 2 TL II,27 [II,40]; SW VI,240; HKA 10,89. | 3 A I,6; SW V,13; HKA 25/II,14. | 4 LH I,12; SW XI,85; HKA 19,24. | 5 SCH IV,10; SW VII,216; HKA 24/II,90. | **26** 1 GW VI,575; Reserve, 85. | 2 GW VI,567; Reserve, 55. | 3 GW VI,565; Reserve, 45. | 4 FV 5; SW XIV,531 f.; HKA 38,13. | **28** 1 GW VI,563; Reserve, 39. | 2 LH I,14; SW XII,391; HKA 19,28. | 3 VF I,2 SW IV,5; HKA 15,105. | 4 EH III,10; SW XII,191; HKA 20,151. **29** | SCH II,4; SW VII,154; HKA 24/II,43.

## III

## Des Schicksals unabschneidbarer Zopf

**30** 1 HB I,8; SW XIII,282; HKA 28/I,21. | 2 H I,9; SW V,333; HKA 27/II,20. | 3 HB II,14; SW XIII,325; HKA 28/I,51. | 4 T III,11; SW X,476; HKA 17/I,73. | 5 MF II,12; SW VII,313; HKA 30,60. | 6 GW VI,572; Reserve, 73. | **31** 1 HS III,3; SW XII,388; HKA 22,59. | 2 HS II,9; SW XII,372 f.; HKA 22,34. | 3 SCH I,2; SW VII,116; HKA 24/II,14. | **32** HB, Entwurf, SW XIII,653–656; HKA 28/I,131–133.

## IV

## Fehlerfreie Männer gibt's nicht

**36** 1 FZ I,13; SW X,207; HKA 16/I,22. | 2 FV 4; SW XIV,529; HKA 38,11. | 3 MF Vsp,3; SW VII,246 f.; HKA 30,9 f. | 4 VF II,9; SW IV,61; HKA 15,152 f | **37** 1 RT II,5; SW III,296; HKA

6,133. | 2 TL I,24; SW VI,175; HKA 10,32. | 3 ZS III,10; SW II,265; HKA 6,60 f. | **38** 1 NK I,28; SW XIV,217; HKA 34,42. | 2 PT I,2; SW XI,276; HKA 18/II,35. | 3 Rommel, 142. | **40** 1 TL I,20; SW VI,171; HKA 10,29. | 2 M I,6; SW XI,16; HKA 17/II,18. | 3 M I,4; SW XI,6; HKA 17/II,11. | 4 NR III,3; SW XII,80; HKA 20,63. | 5 GWK II,8; SW XII,488 f.; HKA 22,110 f. | **41** 1 VF II,9; SW IV,60; HKA 15,152. | 2 NR I,6; SW XII,18f.; HKA 20,16 f. | 3 AM II,8; SW V,463; HKA 27/I,34.

## V

## 's is a schöne Erfindung, das schöne Geschlecht

**42** 1 HS II,13; SW XII,380; HKA 22,39. | 2 HT II,4; SW X,105; HKA 13,110. | 3 TL, Variante, SW VIII,178. | **43** 1 TAH I,6; SW I,103; HKA 1,256. | 2 HT I,3; SW X,12; HKA 13,16. | **44** 1 LS II,13; SW V,286; HKA 26/II,59. | 2 GW VI,566; Reserve, 49. | 3 NH II,1; SW III,111; HKA 2,98. | 4 T I,17; SW X,408; HKA 17/I,23. | 5 KZ II,3; SW I,253; HKA 3,153. | **45** 1 VGJ I,18; SW II,408; HKA 7/I,99. | 2 KZ I,6; SW I,231 f.; HKA 3,96. | 3 GW VI,561; Reserve, 44. | 4 T I,15; SW X,406f.; HKA 17/I,22. | **46** 1 AP II,2; SW XIII,517; HKA 29/33. | 2 T I,17; SW X,408; HKA 17/I,23.

## VI

## Die mit dem Namen »Hochzeit« bekleidete offizielle Orgie der Liebe

**47** 1 LH I,12; SW XI,386; HKA 19,25. | 2 GW VI,566; Reserve, 46. | 3 U III,17; SW VII,82; HKA 23/II,65. | 4 E II,16; SW VI,71 f.; HKA 9,II,63. | 5 K III,7; SW VII,510; HKA 31,99. | **48** 1 AM, Variante; SW V,729; HKA 27/I,330. | 2 TM II,8; SW VI,538; HKA 15,44. | 3 NK III,15; SW XIV,297; HKA

34,101. | 4 US I,6; SW XIV,325; HKA 35,14. | 5 FB II,16; SW I,580; HKA 5,45. | 6 AM III,7; SW V,489; HKA 27/I,53. | **49** 1 VF I,4; SW IV,8; HKA 15,107. | 2 US I,3; SW XIV,317; HKA 35,8. | 3 MF II,12; SW VII,315; HKA 30,62. | 4 GJ III,3; SW II,506 f.; HKA 7/I,108. | 5 HG I,24; SW VIII,38f.; HKA 32,33. | **50** 1 HG I,30; SW VIII,46; HKA 32,39. | 2 FZ I,10; SW X,202; HKA 16/I,18. | **52** 1 LH II,8; SW XI,414; HKA 19,45. | 2 NK I,7; SW XIV,182; HKA 34,17. | 3 HS III,5; SW XII,415; HKA 22,46 f. | 4 ZV 4; SW XIV,468; HKA 37,44 f. | 5 GW VI,575; Reserve, 85 f. | 6 GW VI,575; Reserve, 87. | **53** 1 GW VI,571; Reserve, 69. | 2 FZ I,3; SW X,191; HKA 16/I,10. | 3 M I,6; SW XI,13; HKA 17/II,16. | 4 TL I,24; SW VI,175; HKA 10,33. | **54** 1 MF Vsp,3; SW VII,247; HKA 30,10. | 2 FZ I,6; SW X,197; HKA 16/I,15. | 3 EH I,4; SW XII,120; HKA 20,99. | 4 GWK I,15; SW XII,464; HKA 22,93 f. | **55** 1 GW VI,577; Reserve, 107. | 2 M I,11; SW XI,29 f.; HKA 17/II,28. | 3 ES I,7; SW IX,88; HKA 9/I,11. | **56** 1 UV I,2; SW XIII,12f.; HKA 23/I,12 f. | 2 GWK I,14; SW XII,461 f.; HKA 22,91 | 3 PT I,5; SW XI,11; HKA 18/II,39. | **57** 1 J II,7; SW XI,165; HKA 18/I,45. | 2 Z I,9; SW XII,255; HKA 21,43. | 3 AM IV,7; SW V,502; HKA 27/I,64. | 4 GW VI,575; Reserve, 83. | 5 T II,7; SW X,428; HKA 17/I,39. | **58** 1 HT I,18; SW X,61; HKA 13,65. | 2 Briefe, 132–134.

## VII

## Aber die Macht des Keingeldes ist furchtbar

**63** 1 RT II,10; SW III,306; HKA 6,109. | 2 ES I,10; SW IX,93; HKA 9/I,15. | 3 T I,17; SW X,410; HKA 17/I,25. | 4 GW VI,575; Reserve, 85. | **64** 1 EH II,9; SW XII,163; HKA 20/131. | 2 GW VI,564; Reserve, 41. | 3 U, Variante; HKA 23/II,473. |

4 LH I,5; SW XI,368; HKA 19,12. | 5 E I,3; SW VI,15; HKA 9/II,16 f. | 6 KZ III,7; SW I,278; HKA 3,133. | **65** 1 TM II,9; SW VI,540; HKA 15,45. | 2 TAH II,28; SW I,198; HKA 1,328. | 3 FZKL I,30; SW II,125; HKA 8/I,40. | 4 N I,22; SW VI,319; HKA 11/27. | 5 ES I,8; SW IX, 89; HKA 9/I,12. | **66** 1 KC I,8; SW XIII,296; HKA 28/II,14. | 2 NK I,6; SW XIV,179 f.; HKA 34,15. | 3 N II,28; SW VI,377; HKA 11,72. | 4 PT Vsp,3; SW XI,246 f.; HKA 18/II,14.

VIII

## Die angeborene Feindschaft zwischen Arm und Reich

**68** 1 VG II,11; SW V,575; HKA 29,144. | 2 ER III,15; SW X,353; HKA 16/II,58 f. | 3 WV I,15; SW IX,277; HKA 12,24. | 4 Z I,5; SW XII,243; HKA 21,30. | 5 E I,5; SW VI,18; HKA 9,II,19. | **69** 1 E I,3; SW VI,15; HKA 9/II,16. | 2 U I,9; SW VII,15; HKA 23/II,14. | 3 M I,7; SW XI,21; HKA 17/II,21. | 4 GW VI,562; Reserve, 33. | 5 NK II,3; SW XIV, 224; HKA 34,47. | **70** 1 H Entwurf, GW V,708; HKA 27/II,182. | 2 U III,23; SW VII,90; HKA 23/II,71. | **72** 1 A III,8; SW V,75; HKA 25/II,64. | 2 SCH I,5; SW VII,127; HKA 24/II,22. | 3 VG I,9; SW V,545; HKA 29,121. | 4 MF Vsp,1; SW VII,243 f.; HKA 30,7. | 5 VF I,12; SW IV,22; HKA 15,119. | **73** 1 VF I,28; SW IV,43; HKA 15,137. | 2 AM II,16; SW V,472; HKA 27/I,41. | 3 AM II,17; SW V,475 f.; HKA 27/I,43. | 4 GMR I,15; SW VI,407; HKA 14,27. | 5 K I,17; SW VII,410; HKA 31,25. | 6 K I,22; SW VII,419; HKA 31,32. | **74** 1 K II,14; SW VII,466; HKA 31,66. | 2 J I,13; SW XI,140; HKA 18/I,27. | 3 Z I,3; SW XII,236; HKA 21,29. | **75** 1 E III,1; SW VI,101; HKA 9/II,87. | 2 HS III,4; SW XII,393; HKA [fehlt]. | 3 MM I,6; SW IV,106; HKA 25/I,63. | 4 FK I,8; SW V,144; HKA 26/I,20.

IX

## Brot is keine Kleinigkeit

**76** 1 LS II,6; SW V,277; HKA 26/II,53. | 2 K I,21; SW VII,416; HKA 31/29. | 3 LB II,20; SW III,387; HKA 8/II,63 f. | 4 T I,6; SW X,392; HKA 17/I,12. | **77** 1 ZJ I,1; SW XIII,98; HKA 24/I,7. | 2 ZJ I,10; SW XIII, 106; HKA 24/I,14. | 3 KC I,14; SW XIII,412; HKA 28/II,25. | 4 HB I,3; SW III,269; HKA 28/I,12. | 5 TL I,9; SW VI,155; HKA 10,18. | **78** 1 NK I,5; SW XIV,174; HKA 34,11. | 2 MF II,20; SW VII,332 f.; HKA 30,75 f. | **79** 1 US III,32; SW XIV,454; HKA 35,107. | 2 T I,7; SW X,394; HKA 17/I,13. | 3 L III,7; SW II,68; HKA 5,178. | 4 LB I,11; SW III,353 f.; HKA 8/II,37 | 5 J I,7; SW XI,128; HKA 18/I,18. | **80** 1 GW VI,580; Reserve, 101. | 2 N II,10; SW VI,356; HKA 11,55. | 3 LH I,12; SW XI,384f: HKA 19,23 f. | 4 Briefe, 219. | **81** 1 Briefe, 240. | 2 TT 27, Variante; SW IX,521–524; HKA 7/II,32–35.

X

## Der gesellschaftliche Zirkel

**84** 1 FV 8; SW XIV,545; HKA 38,22. | 2 FV 3; SW XIV,527; HKA 38,10. | 3 U I,22; SW VII,36; HKA 23/II,30. | 4 GW VI,561; Reserve, 31. | 5 MF II,4; SW VII,306; HKA 30,54. | 6 M I,7; SW XI,19; HKA 17/II,20. | **85** 1 HS II,5; SW XII,364; HKA 22,28. | 2 FV 2; SW XIV,525; HKA 38,9. | 3 NK III,19; SW XIV,305; HKA 34,107. | 4 ES I,8; SW IX,89 f.; HKA 9/I,12. | 5 GW VI,570; Reserve, 67. | 6 AM I,12; SW V,445; HKA 27/I,21. | **86** 1 SCH III,13; SW VII,202; HKA 24/II,80. | 2 GW VI,562, Reserve, 91. | 3 LS, Variante; SW V,645; HKA 26/II,228. | 4 VF I,6; SW IV,12; HKA 15,109 f. | **89** 1 U I,13; SW VII,25; HKA 23/II,22. | 2 GW VI,570; Reserve, 63. | 3 LB I,2; SW III,336; HKA 8/II,24 [verändert].

XI

## Das is a politischer Herr

**90** 1 KC II,8; SW XIII,429; HKA 28/II,38. | 2 LS II,13; SW V,287; HKA 26/II,60. | 3 AP I,19; SW XIII,506 f.; HKA 29/24. | **91** 1 HA 7, SW XIV,595; HKA 38/62. | 2 M I,12; SW XI,32; HKA 17/II,29. | 3 ZJ I,13; SW XIII,110; HKA 24/I,16. | 4 JH 4; SW IV,167; HKA 26/II,88. | **92** 1 HB I,4; SW XIII,274; HKA 28/I,15. | 2 KC III,23; SW XIII,470; HKA 28/II,70. | 3 AP I,16; SW XIII,503; HKA 29,21 f. | 4 FK I,3; SW V,132; HKA 26/I,11. | 5 FK I,14; SW V,152; HKA 26/I,26 f. | **93** 1 FK I,14; SW V,152; HKA 26/I,27. | 2 FK I,17; SW V,159 f.; HKA 26/I,32. | 3 LS I,12; SW V,423; HKA 26/II,26. | **94** 1 U I,14; SW VII,28; HKA 23/II,24. | 2 GW VI,571; Reserve, 69. | 3 LS I,8; SW V,230; HKA 26/II,17. | **95** 1 JH 15; SW IV,180; HKA 26/II,99. | 2 FK I,7; SW V,140; HKA 26/I,18. | **96** 1 FK I,7; SW V,141; HKA 26/I,18. | 2 FK I,3; SW V,131; HKA 26/I,10. | 3 AM I,15; SW V,450; HKA 27/I,24. | 4 AM I,7; SW V,438; HKA 27/I,15. | **97** 1 AM I,15; SW V,449; HKA 27/I,23 f. | 2 LS, Variante; SW V,644 f.; HKA 26/II,233. | **98** 1 HB I,18; SW XIII,298; HKA 28/I,119 f. | 2 Briefe, 263. | **99** Briefe, 265. | 100 Briefe, 229.

XII

## Die Welt is die wahre Schule

**101** 1 TL I,46; SW VI,202; HKA 10,53. | 2 K I,21; SW VII,417; HKA 31,30. | 3 NR III,14; SW XII,97; HKA 20,78. | 4 Z I,10; SW XII,257; HKA 21,44. | 5 U III,16; SW VII,74; HKA 23/II,59. | **102** 1 GW VI,572; Reserve, 73. | 2 HB I,3; SW XIII,269 f.; HKA 28/I,12. | 3 SB 20; SW XIII,242–245; HKA 25/I,37–39. | **106** 1 GMR III,6; SW VI,445; HKA 14,56. | 2 T II,17; SW X,444; HKA 17/I,50. | 107 1 MF III,6; SW VII,357; HKA

30/97. | 2 NK II,15; SW XIV,245; HKA 34,63. | 3 LH I,5; SW XI,368; HKA 19,12. | **108** 1 HT I,18; SW X,60; HKA 13,65. | 2 HS I,3; SW XII,332–334; HKA 22,107 f. | **110** 1 US I,5; SW XIV,322; HKA 35,12. | 2 GW VI,558; Reserve, 109. | 3 GW VI,559; Reserve, 111. | 4 TG II,35; SW XIV,163; HKA 33,81. | 5 EH I,4; SW XII,120f.; HAK 21,99. | **111** 1 Nachlass, GW VI,582. | 2 SCH I,2; SW VII,114; HKA 24/II,13. | **112** SB 4; SW XIII,202–204; HKA 25/I,10 f. | **114** 1 KC I,8; SW XIII,397; HKA 28/II,14. | 2 T I,17; SW X,411; HKA 17/I,25 f. | 3 LS II,13; SW V,285; HKA 26/II,59. | **115** 1 MF Vsp,7; SW VII,257; HKA 30,17. | 2 KZ II,7; SW I,266; HKA 3,123. | 3 U III,8; SW VII,68; HKA 23/II,54. | 4 HG I,16; SW VIII,28–30; HKA 32,25 f.

XIII

## Die Menschheit will nur recht poetisch aufgefasst sein

**117** 1 NK II,22; SW XIV,257f; HKA 34,71. | 2 T II,9; SW X,432; HKA 17/I,42. | 3 M I,5; SW XI,11 f.; HKA 17/II,15. | **118** 1 TG I,2; SW XIV,60; HKA 33,8. | 2 A II,3; SW V,41; HKA 25/II,35. | 3 Z II,9; SW XII,290; HKA 21,68. | 4 MF II,19; SW VII,325; HKA 30,69. | 5 GW VI,573; Reserve, 75. | 6 TG I,7; SW XIV,75; HKA 33,18. | **119** 1 J II,8; SW XI,169; HKA 20,99 f. | 2 HS II,9; SW XII,375; HKA 22,34. | **120** 1 GW VI,565; Reserve, 45. | 2 Branscombe, 214. | 3 A IV,4; SW V,92; HKA 25/II,92. | **121** 1 Nachlass; GW VI,708. | 2 AP III,26; SW XIII,578 f.; HKA 29,247. | **122** FZ I,4; SW X,194; HKA 16/I,12 f. | **123** 1 LB I,2; SW III,336 f.; HKA 8/II,23 f. | 2 FK III,1; SW V,185; HKA 26/I,53. | 3 M III,14; SW VI,588; HKA 15,83. | 4 MF Vsp,7; SW VII,257; HKA 30,17. | 5 Eingabe; SW X,378; HKA 30,453 f. | **124** 1 ZV 2; SW XIV,465; HKA 37,43. | 2 T III,16; SW X,481; HKA 17/I,78. | 3 US I,5;

SW XIV,320; HKA 35,10. | **125** 1 AP I,17; SW XIII,505; HKA 29,23. | 2 ZJ II,10; SW XIII,166 f.; HKA 24/I,58. | **126** 1 LB I,12; SW III,355 f.; HKA 8/II,38 f. | 2 VZ II,3; SW I,45 f.; HKA 1,210. | **127** LB I,3; SW III,339 f.; HKA 8/II,25 f. | **128** 1 HS II,9, SW XII,374; HKA 22,34. | 2 ER III,16; SW X,354 f.; HKA 16/II,60. | **129** 1 US I,5; SW XIV,322; HKA 35,12. | 2 120 FV 3; SW XIV,527; HKA 38,9 f. | 3 VZ II,2; SW I,44; HKA 1,210 f. | 4 TG I,6; SW XIV,69: HKA 33,14. | **130** 1 T II,24; SW X,456; HKA 17/I,59. | 2 FV 3; SW XIV,526; HKA 38,10. | **131** 1 EH I,4; SW XI,121; HKA 20,100. | 2 UV II;13; SW; HKA 23/I,50.

## XIV
## Ja, die Zeit ändert viel

**132** 1 TL III,14; SW VI,260; HKA 10,104. | 2 AM IV,27; SW V,522; HKA 27/I,79. | 3 AM IV,31; SW V,527; HKA 27/I,83. | 4 N II,6; SW VI,347; HKA 11,48. | **133** 1 HG I,24; SW VIII,37; HKA 32,32. | 2 U I,23; SW VII,38; HKA 23/II,31. | 3 Einlage; SW IX,176. | **134** 1 Z II,2; SW XII,277; HKA 21,59. | 2 M I,6; SW SW XI,13; HKA 17/II,16. | 3 US I,5; SW XIV,323 f.; HKA 35,13. | **136** 1 GW VI,559; Reserve, 111. | 2 AM IV,27; SW V,522; HKA 27/I,79. | 3 Nachlass, GW VI,582 [ergänzt nach Handschrift]. | 4 T II,22; SW X, 451; HKA 17/I,55. | **137** 1 T II,22; SW X, 453; HKA 17/I,57. | 2 GW VI,560; Reserve, 29. | 3 AM II,5; SW V,458; HKA 27/I,30. | 4 UV I,3; SW XIII,17; HKA 23/I,15 f. | **138** SCH IV,10; SW VII,222–224; HKA 24/II,93–96.

XV

## Im Tode muss Wahrheit sein

**141** 1 MF Vsp,3; SW VII,246; HKA 30,9. | 2 SCH I,12; SW VII,139 f.; HKA 24/II,31 f. | **142** 1 K I,10; SW VII,397; HKA 31,15. | 2 K I,9; SW VII,395, HKA 31,13. | 3 MF Vsp,3; SW VII,248; HKA 30,10 f. | **143** 1 GW VI,566; Reserve, 49. | 2 SCH I,6; SW VII,130; HKA 24/II,24. | 3 GW VI,567; Reserve, 51. | 4 GW VI,579; Reserve, 103. | 5 K I,11; SW VII,399; HKA 31,16 f. | **144** 1 Nachlass, GW VI,581. | 2 Nachlass, GW VI,581. | **146** 1 TAH II,10; SW I,169; HKA 1,304. | 2 GT 8; SW XIV,22; HKA 30,134. | 3 NK II,16; SW XIV,248; HKA 34,64. | 4 A I,4; SW V,6; HKA 25/II,9. | 5 SCH I,6; SW VII,128; HKA 24/II,23. | 6 PT I,2; SW XI,272; HKA 18/II,33. | **147** 1 T II,17; SW X,443; HKA 17/I,49 f. | 2 NK III,16; SW XIV,301; HKA 34,104. | 3 H, Entwurf, GW V,706 f.; HKA 27/II,179 f.

XVI

## 's Moralisieren is leicht

**149** 1 GW VI,561; Reserve, 31 f. | 2 U II,9; SW VII,59; HKA 23/II,47. | 3 SCH I,6; SW VII,128; HKA 24/II,23. | 4 SCH I,2; SW VII,115 f.; HKA 24/II,13. | **150** AM II,8; SW V,462; HKA 27/I,33 f. | **152** 1 MF II,12; SW VII,314; HKA 30,61. | 2 K III,14; SW VII,521; HKA 31,106. | 3 UV I,1; SW XIII,5; HKA 23/I,7. | 4 GT 7; SW XIV,18; HKA 30,130. | 5 M III,15; SW XI,103; HKA 17/II,90. | **153** 1 Eingabe, SW XV,375; HKA 30,451 f. | 2 SCH I,3; SW VII,120; HKA 24/II [fehlt]. | 3 GW VI,570; Reserve, 65. | 4 K III,8; SW VII,511; HKA 31,99 f. | **154** 1 AM II,8; SW V,463; HKA 27/I,34. | 2 U I,14; SW VII,26; HKA 23/II,22 f. | 3 MF Vsp,13; SW VII,266 f.; HKA 30,24. | **155** 1 US I,5; SW XIV,321; HKA 35,12. | 2 GW VI,560; Reserve, 29. | 3 GW VI,562; Reserve, 35. | 4 GW VI,568; Reserve, 57. | 5 US I,5; SW XIV,323; HKA 35,12 f.

XVII

## Zweifeln kann man an allem

**157** Rommel, 137. | **158** 1 K I,9; SW VII,394; HKA 31,19. | 2 FK I,15; SW V,154; HKA 26/I,28. | 3 SCH I,2; SW VII,116; HKA 24/II,14. | 4 MA I,14; SW IX,390; HKA 12,102. | 5 T II,18; SW X,483; HKA 17/I,79. | 6 HS III,3; SW XII,391; HKA 22,61. | **159** 1 N II,28; SW VI,377; HKA 11,71. | 2 H I,7; SW V,328; HKA 27/II,16. | 3 H I,14; SW V,344; HKA 27/II,27. | 4 H II,17; SW V,378; HKA 27/II,54. | 5 H II,17; SW V,378; HKA 27/II,56. | **160** 1 AM IV,11; SW V,507; HKA 27/I,68. | 2 U I,14; SW VII, 26; HKA 23/II,23. | 3 SCH IV,10; SW VII,216; HKA 24/II,91. | **161** 1 MF Vsp,7; SW VII,260; HKA 30,19. | 2 Z I,5; SW XIII,242 f.; HKA 21/34. | **162** 1 MF I,4; SW VII,277; HKA 30,31 f. | 2 AB II,6; SW IX,225; HKA 11,107. | 3 HT I,8; SW X,32; HKA 13,35. | 4 HT II,4; SW X,109; HKA 13,113. | 5 UV I,3; SW XIII,15; HKA 23/I,14. | **163** 1 GW VI,558; Reserve, 109. | 2 GW VI,559; Reserve, 111. | 3 GW VI,563; Reserve, 37. | 4 GW VI,563; Reserve, 39. | 5 N II,9; SW VI,352–355; HKA 11,52 f. | **164** GW VI,574; Reserve, 83. | **166** 1 GW VI,575; Reserve, 85. | 2 VF III,1; SW IV,77–80; HKA 15,16 | 3 GW VI,575; Reserve, 85. | 4 GW VI,575; Reserve, 87 f. | **167** 1 GW VI,578; Reserve, 107. | 2 Nachlass, GW VI,581. | 3 K IV,9; SW VII,548; HKA 31,127. | 4 H, Entwurf, GW V,708; HKA 27/II,181.

# Glossar

*Animo:* Lust, Schwung.
*ansetzen:* betrügen.
*Assiette:* hier: Gang beim Essen.
*ausrichten:* verleumden, klatschen.
*beuteln:* an den Haaren schütteln.
*biglem:* selten, knapp, unzureichend.
*Bockshörndl:* Johannisbrot.
*Butz und Stingl:* Stumpf und Stiel.
*Chimbrasso:* Chimborasso, hoher Berg in Ecuador, galt als denkbar höchster Gipfel.
*Dalk:* dummer Mensch, Tölpel; *Böhmischer Dalk:* Mehlspeise.
*dalket:* dumm, ungeschickt.
*desperat:* verzweifelt, betrübt.
*divertieren:* ergötzen.
*dritte Klass':* Klassifizierung als ›nicht genügend‹.
*drittes Kaffeehaus:* in der Hauptallee des Wiener Praters.
*eiserner Aff':* Dummkopf.
*eitel:* hier: leer.
*Equipagi:* elegante Kutsche.
*Fad's:* Langweiliges.
*Fatschenkind:* Wickelkind.
*Fiduz:* Vertrauen.
*Fisch:* (frz. »fiche«) Spielmarke (beim Kartenspiel).
*Fischament:* Fischamend, Ort 20 km südöstlich von Wien, an der Einmündung der Fischa in die Donau.
*Fischgraten:* Schimpfname für ein zänkisches Weib.
*Flinserln:* Flitterschmuck.
*gach:* eilig, jäh, hastig.
*gagetzt:* gestottert, gestammelt.

*Gaudee:* Freude, Unterhaltung.
*Gefrett:* Unzulänglichkeit, Pfuscherei; Ärger.
*G'fries:* Gesicht.
*G'haß:* hier etwa: wertloses Bemühen.
*Gretl:* ungeschicktes Mädchen.
*G'schwuf:* Liebhaber, Stutzer.
*G'spitzter:* Gemeint ist hier der breitrandige Spitzhut, der als Zeichen der ›Radikalen‹ von 1848 galt.
*g'stiketzt:* gestottert.
*Gunkel:* k. k. Hofschneider in Wien (Tuchlauben, I. Bezirk).
*Gusto:* Lust, Verlangen.
*G'wand:* Kleidung.
*G'wölb:* Kaufladen, Geschäft.
*Haut: in die Haut eini:* vollkommen.
*Herrengassen:* Wien, I. Bezirk; dort begann 1848 die Revolution vor dem Niederösterreichischen Landhaus.
*Hütteldorf:* Vorort im Westen Wiens (XIV. Bezirk).
*Insolenz:* Unverschämtheit, Anmaßung.
*Interessen:* Zinsen.
*Jause:* Zwischenmahlzeit, Imbiss.
*Juchtene:* hier: Stiefel aus Juchtenleder.
*Kaprizen:* Launen.
*Kaput:* Gehrock, Mantel.
*Kei'rei:* Verdruß, Plage, Mühe.
*Kommission:* hier: Bestellung.
*Konstitution:* politische Verfassung.
*Kopulation:* Trauung.
*Kren:* Meerrettich; *sich an Kren geben:* großtun, sich wichtig machen.
*Krida:* (betrügerischer) Konkurs.
*Kuttlfleck:* gehackte Innereien; billige Fleischspeise.
*Lackl:* großer, roher Mensch.
*Languissance:* Mattigkeit.

*Leopoldiberg:* Leopoldsberg, nördlichster Ausläufer des Kahlenberges.

*Linie:* Kurzbezeichnung der Linienwälle, d.h. der äußeren Stadtbefestigung Wiens. Im Volksmund wurden auch die dortigen Mauerhäuser ›Linie‹ genannt.

*Löschhorn:* eigentlich: kleines, tütenförmiges Gerät zum Kerzenlöschen.

*Maibuschen:* Blumenstrauß.

*Mandl beim Sterz:* Redensart, höchste Ratlosigkeit bedeutend.

*Markör:* Kellner.

*Marchfeld:* östlich von Wien gelegene Ebene zwischen Donau und March, bekannt durch den Sieg Rudolfs über Ottokar und die Schlachten Napoleons.

*Nimium:* Zuviel.

*Obershefen:* Sahnetopf.

*Orovist:* greises Oberhaupt der Druiden in Bellinis *Norma.*

*Paperl:* Papagei.

*pemseln:* pinseln.

*plauschen:* reden, schwätzen.

*Prärogativ:* Vorrecht des Herrschers.

*prästieren:* leisten.

*Promenad':* Spaziergang.

*Quartier:* Wohnung.

*Radi:* Rettich.

*ranzen:* faul sein.

*Reindel:* Pfanne, Kasserolle.

*Rekreationsgeld:* Geld zur Unterhaltung.

*repramendieren, repromandieren:* tadeln, schelten.

*Ressource:* Zuflucht.

*Sack:* (Hosen-)Tasche.

*Satz:* Hypothek.

*Schanzel:* Uferstrecke am Donaukanal mit Hafen und Obstmarkt.

*schiech:* häßlich; zornig; wild.
*schieferig:* rauh, grob; reizbar.
*schledern:* viel trinken.
*schlicken:* schlucken.
*Schnipfer:* Dieb.
*Schwerack:* Schalk, durchtriebener Kerl.
*Seeliger:* Verstorbener.
*Seitel:* Flüssigkeitsmaß für Wein und Bier (etwa 0,3 l).
*sekkieren:* Verdruss bereiten, quälen.
*sistiert:* unterbrochen.
*Sottis':* Grobheit, Frechheit, Beleidigung.
*staglernen:* stählern.
*Strauchen:* Schnupfen.
*Sukkurs:* Beistand, Hilfe.
*Teuxel:* Teufel.
*Toches:* Gesäß, Hintern.
*todschlachtig:* matt, faul; langweilig.
*Trattawechsel:* Wechselformular.
*verdalkt:* ungeschickt behandelt, verdorben.
*verlesen:* verloren.
*wällisch:* italienisch.
*Waschereien:* Geschwätz, üble Nachrede.
*Wilder:* Hässlicher; Zorniger.
*Wurstel:* Hanswurst-, Kasperlpuppe.
*Zins:* Miete.
*Ziweben:* Zibeben, Rosinen.
*Zuckerkandl:* Kandiszucker.
*Zwetschgenkrampus:* Teufelsfigur aus Dörrpflaumen; Krampus ist der Begleiter des hl. Nikolaus, Knecht Ruprecht.